圖書在版編目（CIP）數據

揚州名園記 / 顧一平編著.—北京：綫裝書局，2008.3
ISBN 978-7-80106-773-9

Ⅰ.揚… Ⅱ.顧… Ⅲ.古典園林—簡介—揚州市—北宋～民國 Ⅳ.K928.73

中國版本圖書館CIP數據核字（2008）第033932號

揚州名園記

編　著　顧一平
責任編輯　任夢强
出版發行　綫裝書局
地　址　北京市鼓樓西大街四一號
郵　編　一〇〇〇〇九
電　話　六四〇四五二八三
網　址　www.xzhbc.com
印　刷　揚州廣陵古籍刻印社
印　張　三五　字　數　一三〇千字
版　次　二〇〇八年四月第一版第一次印刷
書　號　ISBN 978-7-80106-773-9
印　數　一—五〇〇套
定　價　三九〇圓（一函二册）

ISBN 978-7-80106-773-8

9 787801 067739 >

揚州名園記

顧一平 編著

綫裝書局

序

揚州如今已成爲一座花園城市，若干古今園林作爲景點星羅棋布。長江、運河似流觴曲水，街巷、道路均曲徑通幽。我們居處其中的人，亦主亦賓，悠哉游哉。無不爲家鄉成爲聯合國宜居城市而自豪，無不思爲建設新揚州貢獻力量。

顧一平兄輯《揚州名園記》成，稿傳二三知交間品評，取『奇文共欣賞，疑義相與析』之義也。觀其文，盡搜揚州歷代園林傳世之記文。又於所記之地、作記之人，勾沈索引，詳加考證，各作簡略的介紹。

鑒古可以知今，斯編一出，對建設、游覽揚州這座大花園之人，均有所裨益，功莫大焉。於是極積建議顧兄亟爲刊布，貢獻於社會。遂爲聯系，投稿於綫裝書局，經審讀後，同意出版。

我與陸文彬兄均服務於書業有年，有關本書之餖飣校讎、裝潢製作等瑣屑之勞，責無旁貸。且可藉顧兄之椽筆，遂我們効力於鄉邦文化之微忱。因書成之日，爲序其因緣如右。

潘復泰

二〇〇八年三月

揚州名園記　目録

揚州名園記記目錄

園記（四十篇）

篇名	作者	頁
影園記	茅元儀	一
影園自記	鄭元勛	三
遂初園記	鄭若庸	六
休園記	計東	八
重葺休園記	方象瑛	八
重葺休園記	吳綺	九
重葺休園記	許承家	一〇
三修休園記	李光地	一一
三修休園記	張雲章	一二
三修休園記	宋和	一三
揚州東園記	屈復	一六
東園記	王士禎	一七
揚州東園記	張雲章	一七
東園記	宋犖	一九
張印宣柘園記	陳霆發	二〇
存園記	儲欣	二二
容園記	汪瀿	二三
總憲李公半園記	張雲章	二三
御題九峰園記	錢陳群	二六
主園圖記	姚鼐	二七
主園記	吳錫麒	二七
依園游記	陳維崧	二八
個園記	劉鳳誥	二九
假園記	汪懋麟	三〇
揚州名園録		
小洪園	李斗	三一
南園		
大洪園		
江園		
趣園		
篠園		
榆園記	唐桂	四〇
慈恩感舊圖記	李肇增	四一
棣園十六景圖自記	包良訓	四二
徐園碑記	吳恩棠	四四
真州東園記	歐陽修	四六
真州東園記	汪文萊	四六
于園記	張岱	四七
麗芳園記	孫虎臣	四八
樸園記	沈恩培	四九
樸園記	張安保	五〇
意園記	方濬頤	五二
意園記	董對廷	五二
衆樂園記	楊蟠	五四
後樂園記	何詠	五五
縱棹園記	潘耒	五六
何園游記	易君左	五八

堂記（三十六篇）

篇名	作者	頁
重修平山堂記	沈括	六〇
平山堂後記	洪邁	六一
平山堂記	鄭興裔	六一
平山堂記	樓鑰	六二
重修平山堂記	趙拱極	六三
復修平山堂記	毛奇齡	六四

重建平山堂記 魏禧 六四
復修平山堂記 宗觀 六五
重建平山堂記 汪懋麟 六六
重修平山堂記 金鎮 六七
重修平山堂記 尹會一 六七
重建平山堂記 蔣超伯 六八
重修平山堂記 汪時鴻 六九
平山堂記 李正衡 七〇
平山堂記 全祖望 七一
平山堂記 汪荃 七一
平山堂記 俞蛟 七二
平山堂記 釋海嶽 七三
洛春堂記 汪應庚 七五
雲蓋堂記 汪應庚 七五
竹西草堂記 崔桐 七六
重葺康山草堂落成記 吴錫麒 七七
游康山草堂記 宗元鼎 七七
新柳堂記 宗元鼎 七九
東原草堂記 宗元鼎 八〇
有懷草堂記 魏禧 八一
有懷草堂記 孫枝蔚 八一
揖峰草堂自記 卞萃文 八三
深柳堂記 阮玉鉉 八四
揚州北湖萬柳堂記 阮元 八六
珠湖草堂記 焦循 八六
白茆草堂記 焦廷琥 八八
松竹草堂記 王一夔 八九
松竹草堂記 鮑婁先 八九
松竹草堂記 鮑庚 九〇
迂隱堂記 文治 九一
竹溪草堂記 錢謙益 九二

樓記（八篇）

真賞樓記 朱彝尊 九三
景賢樓記 李兆洛 九四
看山樓記 徐用錫 九五
叢書樓記 全祖望 九六
揚州隋文選樓記 阮元 九七
江淮勝概樓記 王英 九九
重建大觀樓記 劉藻 一〇〇
重建瓜洲大觀樓記 王士禎 一〇〇

亭記（十五篇）

九曲池新亭記 沈括 一〇三
揚州新園亭記 王安石 一〇三
萬松亭記 汪應銓 一〇五
重建竹西亭記 盧見曾 一〇六
曲江亭記 阮元 一〇七
斗野亭記 姚文田 一〇八
壯觀亭記 劉燾 一〇九
重建壯觀亭記 楊萬里 一一〇
注目亭記 胡弼 一一一
扃岫亭記 張汝賢 一一二
天開圖畫亭記 □紘 一一三
鏡𦺇亭記 郝經 一一四
西亭記 錢升 一一五
竹逸亭記 吴錫麒 一一六
重建八寶亭記 葉維庚 一一七

館記（三篇）
題襟館記　洪亮吉　一一八
題襟館記　王芑孫　一一八
小玲瓏山館圖記　馬曰璐　一二一
閣記（三篇）
青蓮閣記　湯顯祖　一二三
小倦游閣記　包世臣　一二五
彤雲閣記　王豫　一二六
臺記（三篇）
重修文游臺記　應武　一二七
文游臺記　王元凱　一二八
重修文游臺記　王士禎　一二八
莊記（四篇）
梅莊記　鄭燮　一三〇
榆莊記　袁枚　一三一
宜莊記　沈德潛　一三二
劉莊記　徐鏞　一三三
圃記（一篇）
讓圃記　張四科　一三四
後記　顧一平　一

影園 位於揚州城南，明末鄭元勛别業。今荷花池公園北側立有『影園遺址簡介』石碑。園中石拱橋東側有白色石碑，上刻鄭元勛《影園自記》。當年嘗集四方名流咏園内黄牡丹。冒辟疆説：『丁卯與鄭超宗、李龍侯、梁湛至三公結社邗上，後締影園，在城南水湄，花藥分列，琴書横陳，清潭秀空，碧樹滿目。余與超老絡繹東南，主持壇坫，海内鴻鉅，以影園爲會歸。庚辰，園中黄牡丹盛開，名士飛章聯句，余爲徵集其詩，緘致虞山定其甲乙，一時風流相賞，傳爲極奇。』《揚州畫舫録》卷八云：『崇禎癸未，園放黄牡丹一枝，大會詞人賦詩，且徵詩江楚間，糊名易書，評定甲乙，第一以黄金二觥鐫「黄牡丹狀元」字贈之，一時傳爲盛事。』鄭元勛五世孫鄭開基在其重梓《影園瑶華集·跋》中寫道：『影園者，先高王父職方公别業也，園址在今甘泉城南，去古渡橋不半里而近。公少時常讀書園中，當代名流道經邗上，靡不過從唱酬，以故四方人士未有不知揚州影園者。厥後園中開黄牡丹一枝，賓朋滿座，各賦七言律詩，公悉糊名易書，屬錢虞山先生評次，以嶺南美周黎君十律爲最，公鑄金觥一雙，内鐫「黄牡丹狀元」字贈之，備載郡邑諸志。』鄭元勛殉難後，里人於影園之側立祠祀之。

鄭元勛所輯《影園瑶華集》詳載影園詩文，《自記》後有劉侗跋，全文如下：

物生而影是之矣，影者，萬物之天也。日月影物，不捨晝夜，五行惟火，全天之爲，是故燈影同功日月。曰『水不影乎』，承天光也。影者，萬物之真也，謂影不詳，乃審厥像，或塑焉，或繪焉，有似有不似矣。親莫若鑒鑒，不似者恒有之，夫人爲營營，天真岌岌，以物僅似，爲我至巧，其可哉！知道之士，修其質不修其影，存厥影以聽天真。世人多爲多營，離物求似貌，貌愈似，去真愈遠，是像人之多也。

鄭子超宗求真悟影，游志林園，以影名園，時俗罕喻，記之千言，用告劉子。劉子讀之徜彷然耳目。失治指趾錯貿，未身至園也。見所作者卜築自然，因地因水，因石因木，即事其間，如照生影，厥惟天哉。記曰：『毋夢是園，園成惟肖。『夢影園耶，影無先質之理』；園影夢耶，覺有堅寐之相。園歟，影歟，其未有歸也。謂夫我園而我影之爲愈乎！彼影而我園之者也。鄭子超宗其知道乎！』

影園記

茅元儀

士大夫不可不通於畫。不通於畫則風雨烟霞，天私其有；江湖邱壑，地私其有；逸態冶容，人私其有；以至舟車榱桷，草木魚蟲之屬，靡不物私其有，而我不得斟酌位置之。即文人之筆，詩人之咏，亦我爲彼役。而彼之造化，所不得施其力；雨露雷霆，所不得施其巧；精營力構，點綴張設，所不得施其無涯之致者，我亦不得風軀而鬼運之。故通於畫而始可與言天地之故、人物之變、參悟之極、詩文之化，而其餘事，可以迎會山川、吞吐風日、平章泉石、奔走花鳥而爲園。故畫者，物之權也；園者，畫之見諸行事也。

我於鄭子之影園，而益信其說。凡園必有所因，而揚州繁茂，如雕墻綺閣，中惟平山蒼莽渾樸，欲露英雄本色，而一堂據之，苦於易盡，易盡則不可因。玉勾洞天，其勝秘於井內，神仙私之，人所見者，郛耳，郛則不可因。於是爲園者皆因於水，因水者或奔放，或轟激，或文漪，或長源。而揚之水則不然，城之濠，不足以稱深，溝而廣，可以涉，獨以柳爲衣，葦爲裾，城陰爲骨，蜀岡爲映帶，而即以所因之園爲眼爲眉，互相映，而歌航舞艇，游衍往返，爲其精神。故園者竹樹以映之，亭閣以迎之，虛軒以適乎己之體，朱欄以飾乎人之目，雖有智者，不能益矣。鄭子獨不然，隔水南城，夾岸桃柳者其門也。松杉密布，間以雜蒔，叢葦隔架，漁罟聚焉。疏林護籬，高梧流露，枯木槎牙，甃墻如錦者其徑也。窄徑隔垣，梅枝橫出，不知何處，水來柳盡，疑若已窮，而小橋忽橫，苕華上下者，其折入草堂之路也。有水一方，四面池，池盡荷，遠翠交目，近卉繁植，似遠而近，似亂而整，楣楯不學人間，俯仰自適形神者，其

玉勾草堂也。池外堤，堤上柳，柳萬屯，取於人之所因，及因而成者。柳多而鸝喜，聲所萃，徙倚不能去，遂築以安之，其閣『半浮』也。或意所不盡，則一葉以迎之，其舟『泳庵』也。以石爲磴，或肖生公石，或出水中，如郭璞墓。芙蓉千百本，夾其傍，如金谷合樂；玉蘭、海棠、緋、白桃護於石，如美人居閑房。良薑洛陽虞美人，曰蘭、曰蕙，俱如媵婢。盤旋呼應恐不及，赤欄小橋，蔽窺其中，雖屐履不及，亦儼然白帽鶴氅，主人在矣。曲廊無多，左入而讀書堂在焉。堂界爲室三楹，庭如之，或以避客，或以藏書。室窮而閣出，閣出於下而峙於上，側其體，若廊若廡，而中則逶迤曲廊，入者不知其孤閣也。石以爲岩，或屏之，無山而石疑山。一亭倚菰蘆，菰蘆之色射于外，雁鶩之來家於中，水狹而若有萬頃之勢矣。『媚幽』所以自托也。『一字』所以課子也。誦讀之聲與歌吹相答，仙乎？人乎？吾不知其際也。董元宰顔之曰『影園』，以柳影、水影、山影，足以表其勝。而鄭子曰：『安知其非夢影乎？』茅子曰：『夫大地山河，孰非夢影哉！而煩子私焉！』吾嘗徘徊於瓊花之下、眢井之間，求其玉勾洞天者而不可得，子於尺幅之間，變化錯縱，出人意外，疑鬼疑神，如幻如蜃，吾焉知其非玉勾之影耶？子以名其堂，亦有感於是夫！

鄭子名元勛，字超宗，善著書，通於畫。記之者茅子，名元儀，字止生。

（録自《影園瑶華集》中卷）

作者簡介：茅元儀（一五九五—一六四一），字止生，號石民，浙江歸安人。薦授翰林院待詔，改授副總兵官。著有《嘉靖大政類編》、《石民四十集》等。

影園自記

鄭元勛

山水竹木之好，生而具之，不可强也。予生江北，不見卷石，童子時從畫幅中見高山峻嶺，不勝愛慕，以意識之，久而能畫，畫固無師承也。出郊見林水鮮秀，輒留連不忍歸，故讀書多僦居荒寺。年十七，方渡江盡覽金陵諸勝。又十年，覽三吴諸勝過半，私心大慰，以爲人生適意無逾於此。歸以所得諸勝，形諸墨戲。

壬申冬，董元宰先生過邗，予持諸畫册請政，先生謬賞，以爲予得山水骨性，不當以筆墨工拙論。予因請曰：『予年過三十，所遭不偶，學殖荒落，卜得城南廢圃，將葺茅舍數椽，爲養母讀書終焉之計，間以餘閑，臨古人名蹟，當卧游可乎？』先生曰：『可！地有山乎？』曰：『無之，但前後夾水，隔水蜀岡，蜿蜒起伏，盡作山勢，環四面柳萬屯，荷千餘頃，萑葦生之，水清而多魚，漁棹往來不絶。春夏之交，聽鸝者往焉。以衜隋堤之尾，取道少紆，游人不恒過，得無嘩。升高處望之，迷樓、平山，皆在項臂，江南諸山，歷歷青來，地蓋在柳影、水影、山影之間，無他勝，然亦吾邑之選矣。』先生曰：『是足娱慰。』因書『影園』二字爲贈。

甲戌放歸，値内子之變，又目眚作楚，不能讀，不能酒，百鬱填膺，幾無生趣。老母憂甚，令予强尋樂事，家兄弟亦慫恿葺此，蓋得地七、八年，即庀材七、八年，積久而備，又胸有成竹，故八閲月而粗具。

外户東向臨水，隔水南城，夾岸桃柳，延袤映帶，春時，舟行者呼爲『小桃源』。入門，山徑數折，松杉密布，高下垂蔭，間以梅、杏、梨、栗。山窮，左荼蘼架，架外叢葦，漁罟所聚。右小澗，隔澗疏竹百十竿，護以短籬，籬取古木槎牙爲之。圍墻甃以亂石，石取色斑似虎皮者，俗呼『虎皮墻』。小門二，取古木根如虬蟠者爲之。入古木門，高梧十餘株，交柯夾徑，負日俯仰，人行其中，衣面化緑。再入門，即榜『影園』二字。此書室耳，何云園？古稱附庸之國爲『影』，左右皆園，即附之得名，可矣。轉入窄徑，隔垣梅枝横出，不知何處。穿柳堤，其灌其栵，皆歷年久茗之華，盤盤而上，垂垂而下。柳盡，過小石橋，亦亂石所甃，虎卧其前，頑石横亘也。折而入草堂，家冢宰元岳先生題曰『玉勾草堂』，邑故有『玉勾洞天』，或即其處。堂在水一方，四面池，池盡荷，堂宏敞而疏，得交遠翠，楣楯皆異時制。背堂池，池外堤，堤高柳，柳外長河。河對岸亦高柳，閻氏園、馮氏園、員氏園，皆在目。園雖頽而茂竹木，若爲吾有。河之南通津，津吏閘之。北通古邗溝、隋堤、平山、迷樓、梅花嶺、茱萸灣，皆無阻，所謂『柳萬屯』，蓋從此逮彼，連綿不絶也。鸝性近柳，柳多而鸝喜，歌聲不絶，故聽鸝者往焉。臨流別爲小閣，曰『半浮』，半浮水也，專以候鸝。或放小舟迓之，舟大如蓮瓣，字曰『泳庵』，容一榻、一几、一茶爐。凡邗溝、隋堤、平山、迷樓諸勝，無不可乘興而往。堂下舊有蜀府海棠二，高二丈，廣十圍，不知植何年，稱江北僅有，今僅存一，殊有魯靈光之感。繞池以黄石砌高下磴，或如臺，如生水中，大者容十餘人，小者四、五人，人呼爲『小千人座』。趾水際者，盡芙蓉；土者，梅、玉蘭、垂絲海棠、緋白桃；石隙種蘭、蕙、虞美人、良薑、洛陽諸草花。渡池曲板橋，赤其欄，穿垂柳中，橋半蔽窺，半閣、小亭、水閣不得通，橋盡石刻『淡煙疏雨』四字，亦家冢宰題，酷肖坡公筆法。入門曲廊，左右二道，左入予讀書處，室三楹，庭三楹，雖西向，梧、柳障之，夏不畏日而延風。室分二，一南向，覓其門不得，予避客其中。窗去地尺，燥而不濕。窗外方墀，置大石數塊，樹芭蕉三、四本，莎羅樹一株，來自西域，又秋海棠無數，布地皆鵝卵石。室内通外一窗，作梔子花形，以密竹簾蔽之，人得見窗，不得門也。左一室東向，藏書室上。閣廣與室稱，能遠望江南峰，收遠近樹色，流寇震鄰，鹺使鄧公乘城，謂閣高可瞰，懼爲賊據。予聞之，一夜毁去，後遂裁爲小閣一楹，人以爲小更加韻。庭前選石之透、瘦、秀者，高下散布，不落常格，而有畫理。室隅作兩巖，巖上多植桂，繚枝連卷，溪谷嶄巖，似小山招隱處。巖下牡丹，蜀府垂絲海棠、玉蘭、黄白大紅寶珠茶、磬口臘梅、千葉榴、青白紫薇、香橼，備四時之色，而以一大石作屏，石下古檜一，偃蹇盤躃，拍肩一檜，亦壽百年，然呼『小友』矣。石側轉入，啓小扉，一亭臨水，菰蘆羃藶，社友姜開先題以『菰蘆中』，先是鴻寶倪師題『澥翠亭』，亦懸於此。秋老，蘆花白如雪，雁鶩家焉。晝去夜來，伴予讀，無敢□啾。盛暑卧亭内，凉風四至，月出柳梢，如濯冰壺中。薄暮望岡上落照，紅沉沉入緑，緑加鮮好，行人映其中，與歸鴉相亂。小閣雖在室内，室内不可登，登必迂道於外，别爲一廊，在入門之右。廊凡三週，隙處或斑竹、或蕉、或榆以蔭之。然予坐内室，時欲一登，懶於步，旋改其道於内。由『淡煙疏雨』門内廊右入一復道，如亭形，即橋上蔽窺處，亦曰亭，擬名『湄榮』。臨水，如眉臨目，曰『湄』；接屋爲閣，曰『榮』。窗二面，時啓閉。亭後徑二，一入六方竇，室三楹，庭三楹，曰『一字齋』。先師徐碩庵先生所贈，課兒讀書處。庭頗敞，護以紫欄，華而不艷。階下古松一、海榴一。臺作半劍環，上下種牡丹、芍藥，隔垣見石壁。二松亭亭天半，對六方竇，爲一大竇。竇外又曲廊叢篠，依依朱檻，廊俱疏通，時而密致，故爲不測。留一小竇，竇中見丹桂，如在月輪中，此出園別徑也。半閣在『湄榮』後，徑之左，通疏廊，即階而升，陳眉公先生曾贈『媚幽閣』三字，取李太白『浩然媚幽獨』之句，即懸此。閣三面水，一面石壁，壁立作千仞勢，頂植剔牙松二，即『一字齋』前所見，雪覆而欹其一，欹益有勢。壁下石澗，澗引池水入，畦畦有聲。澗旁皆大石，怒立如鬭，石隙俱五色梅，繞閣三面，至水而窮，不窮也，一石孤立水中，梅亦就之，即初入園隔垣所見處。閣後窗對草堂，人在草堂中，彼此望望，可呼與語，第不知徑從何達。大抵地方廣不過數畝，而無易盡之患，山徑不上下穿，而可坦步，皆自然幽折，不見人工，一花、一竹、一石，皆適其宜，審度再三，不宜，雖美必棄。別有餘地一片，去園十數武，花木預蓄於此，以備簡絀。荷池數畝，草亭峙其坻，可坐而督灌者。花開時，升園内石磴、石橋或半閣，皆可見之。漁人四五家錯處，不知何福消受。詩人王先民結『寶蕊棲』爲放生處，梵聲時來。先民死，主祀其中，社友閻舍卿護之，至今放生如故。先民，吾生友也，今猶比鄰，且死友矣。

是役八月粗具，經年而竣，盡翻陳格，庶幾有樸野之致。又以吴友計無否善解人意，意之所向，指揮匠石，百不失一，故無毁畫之根。先是老母夢至一處，見造園，問：『誰氏者？』曰：『而仲子也』。時予猶童年，及是鳩工，老母至園勞諸役，恍如二十年前夢中，因述其語，知非偶然，予即不爲此，不可得也。然則元宰先生題以『影』者，安知非以夢幻示予，予亦恍

揚州名園記

然尋其誰昔之夢而已。夫世人争取其真而遺其幻。今以園與田宅較之，則園幻；以灌園與建功立名較之，則灌園幻。人即樂爲園，亦務先其田宅、功名，未有田無尺寸，宅不加拓，功名無所建立，而先有其園者；有之，是自薄其身，而瘝其志也。然有母不遑養，有書不遑讀，有怡情適性之具而不遑領，灌園累之乎？抑田宅、功名累之乎？我不敢知，雖然，亦各聽於天而已。夢固示之，性復成之，即不以真讓而以幻處，夫孰於我？

崇禎丁丑清和月邗江鄭元勛自記。

（録自《影園瑶華集》中卷）

作者簡介：鄭元勛（一六〇三—一六四四），字超宗，號惠東，世籍歙縣，後家江都（今揚州）。崇禎十六年（一六四三）進士，死後追贈兵部職方郎中。輯有《影園詩文稿》、《影園瑶華集》。

遂初園記

鄭若鏞

揚州多沃野，畦畛漫衍，無靈山邃谷。冥栖之士，往往自力，辟徑疏渠，築石樹木，鬱然成邱，故園名之勝，甲乙洛下。高子世化，世以科第雄長兹土。華腴累葉，辟居第之偏爲園，而蒙谷光禄賓繼之，瑰雅環秀，爲揚州之冠。光禄死，數更大故，乃蕪穢不治。高子始九齡，弱勿克樹，時時觴蹈榛圮，咨嗟惋懣，若弗遑處。逾十年，志鋭力完，爰度故疆，拓而維新之。前列三亭，中翼而南麗，爲『涵暉』。左翳灌木，規其寮摵而相比焉，爲『駐景』。右則篔簹百枝，四繞叢桂，爲『攬秀』。『攬秀』之北，屋三楹，丹臒藻繪，圖史參列，爲『小谷精舍』。東有崇軒頡之，其制咸若，爲『息賓』。中爲門，負『涵暉』北啓，顔其上曰『遂初』。其内疏樊曲檻，奇花異石環布，位置各中天造，委蛇磐折，涉者成趣焉。揚之人嘩然羨之，且曰：『高子誠無忝於遂初耳矣。』高子亦忻忻然得也。

嗟哉！是則高子矣乎！天下之乘除盈縮，譬則旦夜，物極而反於盡，恒也。然亦有可恃而永存者，固默行乎其間，而不可尼。昔者『金谷』、『辟疆』之侈，埒於王國，天下膾炙之。使其有賢子孫，必不能僅存於今，亦明矣。高子之『遂初』，固將輕重於兹園也哉。子方以英敏之才，邁往之氣，俯仰鉛槧而充之。延聲光、襲華耀，夫亦染指於斯矣，無惑乎忻忻然得也。頃余自吴都來游於兹，求而得其志，因其請，作遂初園記。

（録自嘉慶《揚州府志》卷三十一）

作者簡介：鄭若鏞，字中伯，號虛舟，明代江蘇崑山人。著有《蛣蜣集》等。

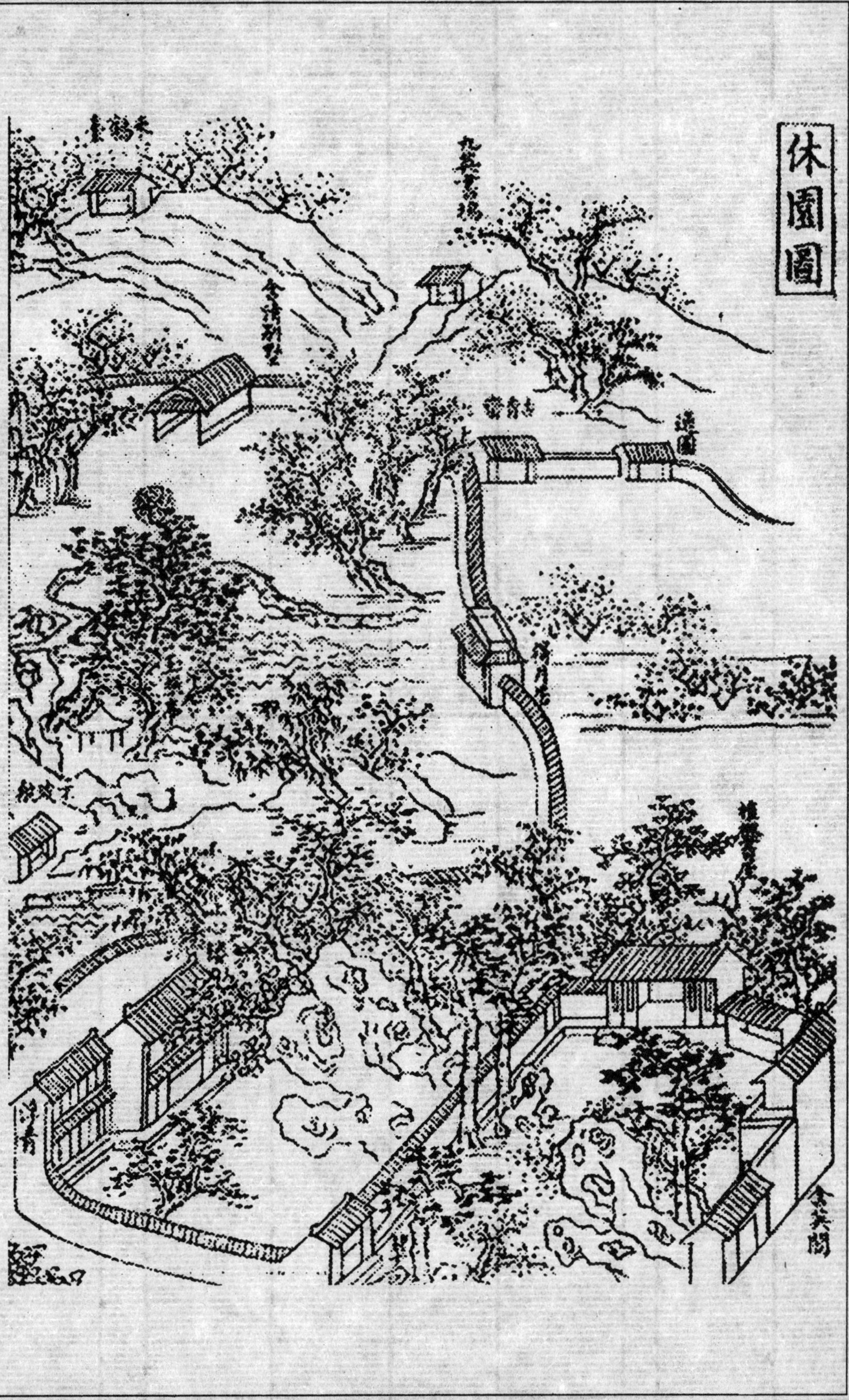
休園圖

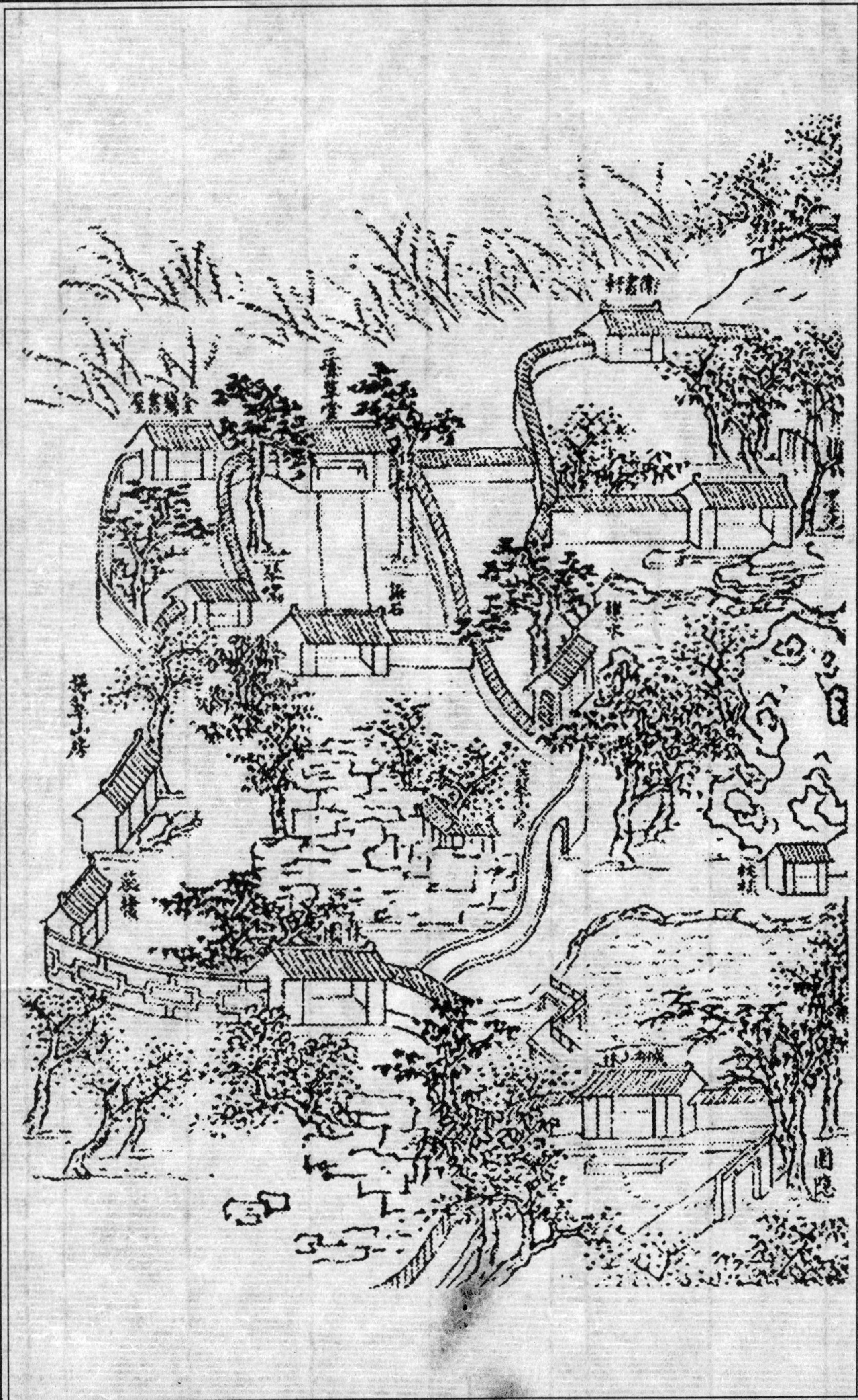

休園 本爲朱氏園，後歸陳氏。嘉慶《重修揚州府志》卷三十一載：『休園，明工部司務鄭俠如別業，在流水橋』北。王藻説：『入徐凝門半里許爲鄭氏休園，其地喬木戛雲，曲池渟黛，奇石修竹，燠館凉臺，皆蒼鬱饒古致，蓋揚州園圃雖盛，而蔚然深秀，倏然遠塵者，獨此園爲甲矣。』毁於清咸豐兵火。鄭俠如（一六一〇—一六七三），字士介，號俟庵，貢生，鄭元勛三弟，授工部司務，後以子貴（子爲光，順治乙亥進士，官監察御史，卒年三十七歲）。敕封徵士郎翰林院庶吉士。杜濬説他：『爲人器識偉然，以忠孝名節自礪，自幼即敏穎端重，不苟言笑。』『己亥之後，愈恬愈淡，絶不問户外事，更選地結書屋，以圖史詩賦自娱，家有靈壁奇石，長徑丈，色如青玉，扣之聲中宫商，公爲構「語石軒」，余每客邗江，公輒置酒，招同西江王于一飲於石畔。』清初辭歸休園，常爲詩文之會，稱盛一時。鄭俠如著有《休園詩餘》、《休園省録》等。清乾隆三十八年（一七七三），其玄孫鄭慶祜纂有《揚州休園志》八卷，是研究休園的珍貴史料。

休園記

計東

同年鄭侍御尊公士介先生，筮仕冬曹，年未衰，即以恬退辭職歸田里，卜築於宅之西，名之曰『休園』，索記於東。或謂東曰：『昔孫昉自稱「四休居士」，有「粗茶淡飯飽即休，補破遮寒暖即休，三平兩滿過即休，不貪不妒老即休」之語，園之名蓋有取乎是。』東聞而歎曰：休之字義有二：曰止，曰美。美莫大於知止。先生守正不回，急流勇退之意見於斯矣！雖然，猶有欲休之見者存也。『飽即休』，將不飽不休乎？『暖即休』，將不暖不休乎？過與老亦若是焉。若得休而後可，休不得，則時當休而不休，甚且勞苦逐逐而不止，休之義當不盡是。東竊疑之，再讀先生《休園省録》載蘇子瞻語曰：『縱步松風亭下，足力疲乏，思就林止息，望亭宇尚在木末，思何時得至。忽然悟曰：即此間，有何不可止者。由是，如脱鉤之魚，無不解脱。』子瞻一休，捷於孫昉四休多矣！先生即録其言，則於休之義必更進，是可傳也，因書此爲之記。

（録自《揚州休園志》卷一）

作者簡介：計東（一六二五—一六七六），字甫草，號改亭，江蘇吴江人。舉人。著有《計甫草詩》、《改亭文集》等。

重葺休園記

方象瑛

休園在江都流水橋，前水部士介鄭公之别業，而其孫懋嘉孝廉讀書處也。水部當明季時，與兄長吉、超宗、贊可三先生文章聲氣重於東南，各爲園亭以奉母。長吉公有五畝之宅，二畝之間及王氏園；超宗公有影園；贊可公有嘉樹園。士介公年最幼，閉户讀書，獨無所營。後以司空解組歸，始買朱氏址以娛老，因名曰『休園』。子侍御晦中公繼之，園乃益盛。兩公相繼歿，嘉孤幼，幾爲强有力所奪者數矣。懋嘉心傷之，英年攻苦，焚膏繼晷，一出而捷北闈。始復前人之舊而增修之。

其中曰『語石堂』，曰『漱芳軒』，曰『雲山閣』；其右曰『蕊栖』，曰『花嶼』；其左有山，山腰有曲亭，顔曰『空翠山亭』。其後培植小山，叢桂森列，顔曰『金鵝書屋』。屋後修竹萬竿，有軒曰『琴嘯』。由琴嘯而左，經竹林，長廊數十間曲折環繞，曰『衛書軒』。軒傍有塘，塘植芙蕖數畝，開時，清香襲人衣袂，顔曰『含清别墅』。傍有臺，名曰『得月』。居中則爲『墨池閣』，閣前壘石爲峰，下爲池，架以石橋。峰之前後皆有亭榭，曰『玉照』，曰『不波航』，曰『枕流』，曰『九英書塢』，結構蕭爽，極園林之勝。時以地經内宅，游人多不得至，余以一日之雅，登臨而徧歷焉。大約園之景，臺、沼而外有古樹，有修竹，有高柳、長梧。而石山爲最。石勢突兀，起伏不一，約其大者有三峰焉。登其最高之巔望之，維揚兩城歷歷鱗次，江南諸山縹緲煙霧間，余名之曰『第一峰』，不異登吴山，左江右湖，煙火萬家也。園之時宜春，宜秋，宜夏，而余以仲冬至，積雪滿天，寒鴉叫樹，時聞竹中鶴唳聲，寂絶似非人境。余賦近體二章，並留題『三峰草堂』兩截句，懋嘉復請余爲記。

夫江都，繁麗之區，故多園亭，然自隋煬以來，所謂『螢苑迷樓』、『竹西歌吹』，固已不可蹤跡矣。即如超宗先生『影園』稱極盛，當時，黄牡丹盛開，集四方知名士宴飲，賦詩匯成盈寸，緘封屬虞山錢宗伯論次，以南海黎美周爲第一，至酬以金卮，抑何盛也！轉眄五十年間，園林易主，臺榭荒蕪，近且不知其處，而水部休園獨巋然於兵戈患難之餘，豈非園之盛衰，固賴乎其人歟！懋嘉既登賢書，文名卓絶，江左槐廳柏府，直君家故物耳，何足爲懋嘉重？繼自今益務栽培，使堂構之貽，子孫世世守之，永於勿替，是則懋嘉纘承之大，而亦兩公所陰持而默相之者也。如以耳目之玩，丹艧增飾，爲不墜先澤，猶其小焉者已。余之語懋嘉者如此，遂書之以爲記。

（録自《揚州休園志》卷一）

作者簡介：方象瑛（一六三二—？），字渭仁，浙江遂安人。康熙六年（一六六七）進士，授編修，與修《明史》。著有《健松齋詩文集》等。

重葺休園記

吴綺

休園者，余年伯鄭士介先生所營之菟裘也。先生雅慕仲連，尚懷元亮。官原水部，不妨例作詩人；論表山栖，遂自稱爲處士。開蔣家之三徑，未出城中；得晏子之一區，正當屋後。迎門種柳，幾年手植春風，繞舍栽梅，竟歲頭蒙香雪。樓中晴翠，從江上以飛來；杖底寒泉，向階前而流出。余以潘楊之睦，曾見圍棋；復緣孔李之交，頻來問字。會心非遠，何殊濠濮之間；適意爲多，不知晋魏以後。俄而謬嬰世網，久玷塵纓。鄙人既涉海而恒憂，先生遂凌雲而獨笑。十年荏苒，已作鳩巢；五畝荒凉，幾同馬厩。慨琴亡於兩世，痛棰折以數椽。而文孫懋嘉，聿新遺構。衛家識字，重開六鶴之堂；盧氏呼名，别築五魚之堰。既儲花而待酒，亦壘石以移雲。甘菊成田，有金英之的的；芙蓉被沼，列錦障以重重。於是，近眺唐昌，若見玉勾之洞；遠瞻隋苑，如臨綺岫之宫。月有二分，不能入室；波涵九曲，擬欲流觴。則可以坐擁書城，閑披詩卷。舞王郎之如意，氣致殊豪；憑晋氏之隱囊，風流自賞。園名衆樂，披襟而時過求羊；館號忘憂，授簡而頻分枚馬。樵山漁水，類盤谷之幽踪；修竹茂林，兼蘭亭之勝概。於以休也，洵不樂乎？而况賦擬廣平，吟同茂叔。方澄懷以攬勝，將踵事而增華也哉。

夫盛必有衰，美難爲繼。玉山既廢，不聞復有玉山；金谷云荒，豈得更爲金谷。而懋嘉心傷留研，意在肯堂。見曲水之煙雲，咸爲念祖；愛平泉之樹石，不以與人。匪直美乎游觀，實有當於仁孝矣。爰由停車之暇，遂爲濡筆而書，俾後之君子有所觀感也。

（録自《林蕙堂文集》卷二）

作者簡介：吴綺（一六一九—一六九四），字薗茨，號聽翁，亦稱紅豆詞人。江都人，順治十一年拔貢，歷官浙江湖州知府，因其『多風力，尚風節，饒風雅』，故稱『三風太守』。著有《林蕙堂集》等。

重葺休園記

許承家

明崇禎末，天下習於晏安，士大夫争馳騁好游，雖宇内有寇賊之警，若無足當其顧慮者。於是，家居則謀登眺游息之所，園亭往往而盛。而揚州尤昔所稱佳麗地，瓊花、竹西、木蘭諸蹟，流風猶有存者。當是時，鄭氏爲揚州最著姓，蓋余母家也。舅氏兄弟四人，皆以詞章意氣傾海内，車馬過者甚衆，乃爲各園以待客。大舅氏待詔公則有五畝之宅、二畝之間及故國戚王氏園；二舅氏職方公則有影園；三舅氏金吾公有嘉樹園；惟四舅氏水部公年齒尚少，未有創造。而鄭氏之園已甲於揚郡，一時公卿大夫士及緇衲來游者，莫不題咏壁上。時黄牡丹盛開，嘗聚四方名人爲歌詩，而廣東黎美周詩，爲虞山錢宗伯極賞，旌以杯斝，即影園故事也。

乃未幾，高傑兵亂。揚州影園，雕墻畫閣，一刻廢爲荒墟；而五畝之宅、二畝之間及王氏園，次第俱廢；惟嘉樹園尚在，然亦頹敗不可收拾；蓋園之不常有如此。入本朝，四舅氏始有休園之建。園故朱氏舊址，舅氏重構新之，有語石堂、有空翠山亭、有漱芳軒，有一方草亭、有墨池、有樵水寒碧諸亭榭。而沿宋人舊名，又有雲山閣。其中竹石花木之類不可勝數。登閣而眺，近可收蕃釐瓊花之勝，而遠則江南之山色在焉。蓋是時，舅氏既謝官歸里，日坐園中校史籍，閑葺唐宋來名書畫以自娛樂。其子晦中侍御時家居，又於其中博習一切典制及古今理亂興衰之故。於是，來休園者畢宇内名人，或相聚擊筑歌詩，或與籌劃世務，以爲昔伯氏影園之盛不能過也。然侍御不幸早世，舅氏亦後數年遂卒，一時强有力者且幾欲奪此園。時侍御子懋嘉才十餘歲，綢繆拮据，於陰雨搶攘之間，始得保有其業。至於今懋嘉既以文章名於時，遂據此爲抱膝地，復舉而更新之。又有三峰草堂、金鵝書屋，有不波航，有玉照亭，有九英書塢，有琴嘯、枕流、得月諸臺榭，更擴其園後餘地，名之曰『逸圃』。而余又因得賦詩飲酒游息其中，可其幸耶！

嗚呼！鄭氏之園甲揚郡，乃遭兵燹之故，一朝澌滅，至嘉樹園僅存，而亦無可觀者。今休園振前人之遺風，庶幾不至於墜，而又數遭屈抑，而後至於此。然則，今之游斯園者，蓋不能無盛衰興廢今昔之感也。

（録自《揚州休園志》卷二）

作者簡介：許承家，字師六，號耒庵，江都人。康熙二十四年（一六八五）進士，授編修。著有《獵微閣集》。

三修休園記

李光地

維揚，東南都會也。地居形勝，俗尚風華。自唐宋及今，士大夫之家於是者往往有園林歌舞之適，然俯仰間輒有室是人非之嘆。獨鄭君荆璞守其曾大父水部公、大父侍御公及其父比部公之舊廬，且能廓而新之。雖其先世堂構之遺，然亦鄭君之能賢，有以承先人之志也。

君以余與水部公有縞紵交，不遠千里謁余京邸，屬再爲之記。因憶曩與比部公會都中，觴咏日久，爲余述其園中堂序池館之曲折，巖壑樹石之邃幽，與夫鼎彝書畫之奇古，名人勝流之翕集，春花香而秋月潔，歌喉咽而絲管闐，令人遐思不自禁。既而出甫草計公、渭仁方公、薗茨吴公、耒庵許公所爲記，然後知鄭氏三世之心力，寄於是園，創之難，守之亦復不易也。蓋鄭之先自新安徙維揚，一時群從，科名接武，皆以詞章意氣傾海内。自前明時，其園林甲第已甲江左。逮兵燹之後，而鄭氏之園熸。及本朝定鼎，水部公守止足之分，未老懸車，爰有休園之葺，追躅前人。其子復起家名進士爲御史，豐采著朝端，惜未返休園而遽殁。迨比部公復加修葺而又即世，乃今荆璞起稚年，奉其兩世孤嫠之親，以保守其先業，不墜其詩書之緒。噫，亦難矣！昔歐陽公記海陵許氏南園，稱其孝弟著於三世，謂其園之草木有駢枝而連理也。禽鳥之翔集於其間者，不争巢而栖下，不擇子而哺也。而李文叔《書洛陽名園記後》，言園囿之興廢，關乎洛陽之盛衰。今鄭氏之園，其創於前者既如此，而繼承於後者又如彼。視歐公所稱南園不啻過之，他日有記維揚名園者，吾知其必以休園爲稱首，且將推本於今之天下，席豐亨、慶豫大，以江左第宅園林易人如傳舍者，而士大夫皆得遞傳而世享之，豈非承平之盛事哉。然則余爲斯記，固非第記鄭氏一園之盛而已也。

（録自《揚州休園志》卷二）

作者簡介：李光地（一六四二—一七一八），字晋卿，號厚庵，福建安溪人。康熙九年（一六七〇）進士，授編修，累官直隸巡撫。著有《榕村集》等。

三修休園記

張雲章

揚州天下之衝，四方商賈之所輻輳而居，以及仕宦者既衆，則争治爲園林臺沼亭館之勝以自娱，而娱其賓。然而盛衰倏忽，聚散無常，數經其地者，往往感慨繫之矣。求其世有顯人爲士大夫之指稱而不替者莫如鄭氏，而鄭氏之園構於曩時，歷久而彌新者，莫如今候選員外郎名玉珩字荆璞之休園。休園之建，始於荆璞之曾大父水部士介公，繼之以侍御晦中公、比部懋嘉公以迄於今，蓋四世矣。

初，水部公有三兄，人構一園，而職方超宗公之影園尤有名於時，方其園中黄牡丹盛開，集數郡之名人賦詩賞之，匯爲大編，頗定甲一，又緘寄虞山錢宗伯，推一人擅場，咸以番禺黎君美周之作爲莫尚焉。職方復爲之開樽，製二黄金罍酌之。酌罷舉以贈之，一時目爲牡丹狀元。其事頗與宋吴月泉之賞羅公福元、饒介之賞張仲簡相類而加盛，至今人猶艷稱之。然而，影園之名最著最先毁。他如浦城令天玉公之忠義，其嘉樹園僅有存者，已不及休園什之二三矣。以是觀之，物之廢興成毁相尋於無窮者，理固如是，乃其不廢不毁而得數之久者，必有以致之而然也。

鄭氏自水部以休名園，所以自處者可知矣，所以戒子孫者可知矣。人之情至於富極貴溢而猶不可知止，至不自檢束以干天地神鬼之怒，奈何其不及身而止也耶？休之爲名，止息之義也。其所以能止息者，知足之故也。知足則常留有餘，以貽其後之人，有持盈戒滿之心，是即《易》之謙道也。蓋天地人以及鬼神之道，莫不以盈爲病，以謙爲福，故曰『謙也者，致恭以存其位者也。』推水部之意，仕且不欲顯，而况其他乎？余嘗識比部君，猶謙謙不欲尚人，荆璞年甚少，藉衣冠之華胄，絶無紈綺裙屐之習，與余遇於京師，欿然不足而執禮甚恭。余以是知荆璞能守其家法而傳之，未有艾也。夫人歷四世，家越百年，亦已難矣，而况又久其傳而未艾者耶？《書》曰：『七世之廟可以觀德。』夫惟德者，所以持盈戒滿而恒居其位，有其盛者也。鄭氏自新安遷於揚，至水部始顯，今且七世矣。《詩》曰：『無念爾祖，聿修厥德。』荆璞其勉之哉。荆璞持其園之文成帙而更求言於予，予第於諸公之未及言者言之，以見其所以長保此園林臺沼亭館之勝者，良有以也。若其登臨覽觀之概，記之者詳矣，又何待於余言。

（録自《揚州休園志》卷一）

作者簡介：張雲章（一六四八—一七二六），字漢瞻，號樸村，嘉定（今屬上海）人。康熙時諸生，著有《樸村集》。

三修休園記

宋　和

園曰休，地曰揚州流水橋，氏曰鄭。揚爲南、北之交，人文舟車之所必由也。鄭氏世爲文盟主，凡名流之著者，莫不來集於斯園。自鄭氏之有此園，歷四世，故其林木皆歲寒而不凋，石路皆莓苔而日厚，亦名園之最古者也。此園爲朱氏舊址，自今主人之曾大父水部公有而更新之，名之曰『休』。寬五十畝，南向，在所居後間一街，乃爲閣道，遥屬於園東偏，雖游者亦不知越市以過也。閣道盡而下行如坂，坂盡而徑，徑盡而門。門而東行有堂南向者，『語石』也。堂處西偏，而其勝多在東偏，然是園之所以勝，則在於隨徑窈窕。因山行，水堂之東有山障絶，伏行其泉於墨池。山勢不突起，山麓有樓曰『空翠』。山趾多竅穴，即泉源之所行也。樓東北則爲墨池。門聯董華亭書，屏王孟津書。閣右有居曰『樵水』者，亦墨池之所注也。池之水既有伏行，復有溪行，而沙渚蒲稗亦淡泊水鄉之趣矣。溪之南皆高山大陵，中有峰，峻而不絶，其頂可十人坐。稍下於頂，有亭曰『玉照』。然江南諸山，坐亭則不見，坐頂則見，以隱於林木也。

此園一葺於其曾大父水部公，再葺於其父比部公，三葺於今主人。主人字荆璞，幼而孤，性而好學，雖曰新其園亭，亦肯其堂構之志也。園既新，板輿其祖母太夫人游之。而太夫人春秋高，歷三世，代有其人，而園代新之。以視夫百年之樹，代謝不一家，崇高之臺轉盼爲陳蹟，或局於城邑而不能曠然林泉，安於固陋，而不游藝苑，而太夫人後人之賢何如哉？

此園雨行則廊，晴行則徑，其長廊由門曲折而屬乎東，其極北而東則爲『來鶴臺』，望遠如出塞而孤。此亦如畫法，不餘其曠則不幽，不行其疏則不密，不見其樸則不文也。此園占地既廣，山水斷續，由來鶴臺之西而南，屋於池北如舟，蘆葭水鳥泊之。自是而西，又廊行也，則爲墨池之北，沃壤而多樹。放翁有句云：『北向開門倒看松。』辟墨池閣北窗而背視之如此。

（録自《揚州休園志》卷一）

作者簡介：宋和，字介之，號巖圃，安徽歙縣人。著有《橋西草堂文集》。

東園圖

廣陵江恂題

乾隆十一年歲次丙寅仲秋日邗江袁耀寫

春雨堂

雲山閣

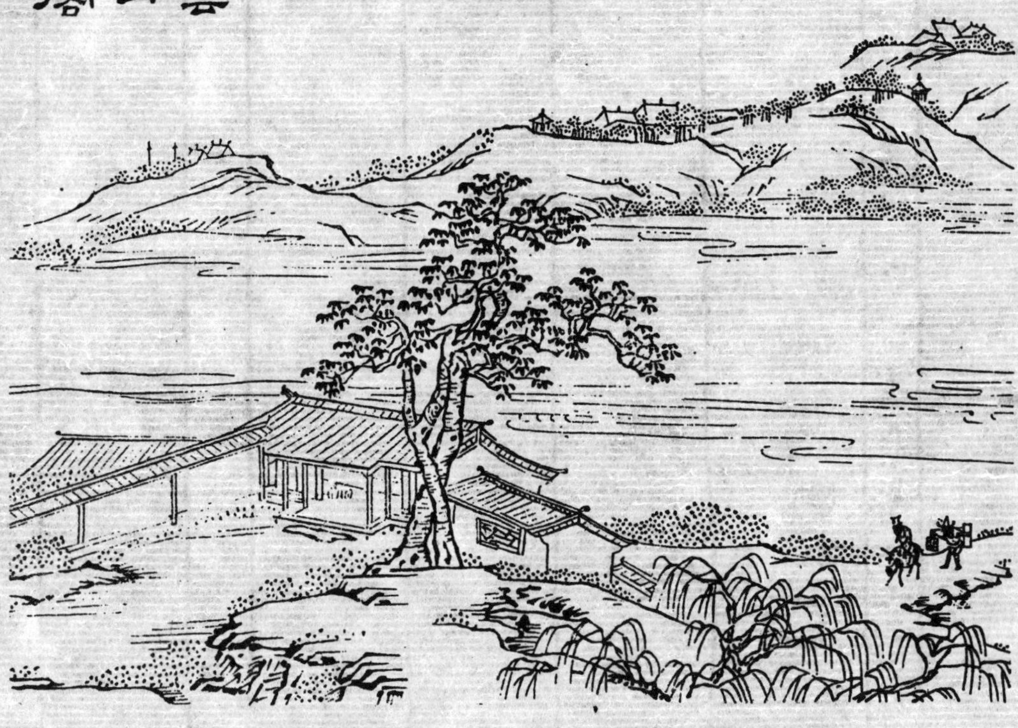

品外第一泉

東園　揚州東園有三：一爲康熙年間齊國楨所築齊園，因爲在揚州城東甪里村，故名『東園』；二爲雍正年間賀所築之賀園，因爲在蓮性寺東側，亦名『東園』；三是乾隆年間江春所築之江園，因爲在重寧寺東側，亦名『東園』，四爲天寧寺東之蘭園，亦名『東園』。

蓮性寺之東園，始於清雍正間，山西臨汾賀君召（字吴村）建，乾隆九年（一七四四）五月落成。園中開白蓮，中有紅白一枝，時以爲瑞，兩淮巡鹽御史準泰爲之唱，和者二十餘人。十一年，袁耀繪園中醉煙亭、凝翠軒、梓潼殿、駕鶴樓、杏軒、春雨亭、雲山閣、品外第一泉、目矊臺、偶寄山房、子雲亭、嘉蓮亭十二景，名《東園圖》，江恂手書。是年六月二十日，園中開紅白蓮一枝，江昱、江恂、古斌、李葂同賦五言律詩以紀事，安琴齋繪《二色蓮圖》刻於石。賀君召輯游人題咏詩詞爲一帙，名《揚州東園題咏》刊行於世，瓜洲魏嘉琪爲之序。

揚州東園記

屈　復

東園曰揚州者，別於真州也。園在城西，而曰東園者，地居蓮性寺東，因以名之，從舊也。

前五十年，余嘗登平山堂，北郭園林，連錦錯繡，惟關壯繆祠外，荒園一區，古杏二株，扶疏於雲日，叢篁蓊密，荆棘森然。去年春，又過之，則蕪者芳，塊者殖，凹凸者因之而高深，游人摩肩繼踵矣。周以修廊，紆以曲檻，右結『悠然亭』，左構『春雨堂』，嶺下爲池，梁偃其上，新泉出焉。味甘冽不減蜀岡，名曰『品外第一泉』。雲山、吕仙二閣，矗乎前後。門臨流水，花氣煙霏，而古杏新篁，愈濃且翠。縱步躋攀，攜手千里。堂以宴，亭以憩，閣以眺，而隔江諸勝，皆爲我有矣！

臨汾賀吴村舉酒屬予曰：『此某偶約同鄉諸君所新葺者也。歐文忠東園記有云：「四方之客，無日而不來」。吾三人者，則有時而皆去也。今揚之衝繁過於真，來者日益多。君行且歸老渭北，余明年亦將旋里矣，幸爲余記之。』夫君與鄉之同志，標舉勝概，既各適其適，而籬門不閉，揚之人士又時游焉。君雖去，而鄉之同志，有不封殖其林木，修葺其墻屋者乎！揚之人有不因鑒湖而懷賀監者乎？則君固未嘗去耳。

吴村名君召，喜風雅，好賓客，與人不設町畦，每觴余於此。余知其襟度灑然，異夫擁所有以自封者，故爲之記。乾隆九年八月蒲城屈復撰

（録自《增修甘泉縣志》卷十九）

作者簡介：屈復（一六七〇—一七四二），字見心，號悔翁，陝西蒲城人。著有《楚辭新注》、《江東瑞草集》等。

喬氏東園

此東園原址在揚州城東角里村，園主喬國楨，字逸齋。園成不久，即清康熙五十年（一七一一）初夏，喬國楨則請友人、王士禛弟子殷彥來寫信並附上袁江所繪《東園勝概圖》，呈請王士禛作記。王士禛『披卷諦視』，據圖所示，欣然命筆作《東園記》。未及兩月即農歷五月十一日病逝。宋犖、張雲章所作《東園記》，亦記喬氏東園。曹寅《東園八首》所咏亦喬氏東園。今園已不存。

東園記

王士禛

廣陵，古所稱佳麗地也。自隋唐以來，代推雄鎮，物産之饒甲江南，而旁及於荆豫諸上游。居斯土者大都安樂無事，不艱於生。又其地爲南北要衝，四方仕宦多僑寓於是，往往相與鑿陂池，築臺榭，以爲游觀宴會之所。明月瓊簫，竹西歌吹，蓋自昔而然矣。

予順治中佐揚州，每於讞決之暇，輒呼朋携酒，往來於平山、紅橋間。宴游之盛，迄今人争道之。昨歲，兒汸從淮來歸，爲言緑楊城郭依稀似舊。予溯洄久之，猶若前游在吾心目中也。

辛卯初夏，門人殷彥來書來，爲其友喬君逸齋徵予文，紀其東園之勝，且繪圖郵示。披卷諦視，不自覺其意移焉。夫廣陵，本無所謂巖壑幽邃、江湖浩渺之觀，亦不過蜀岡一抔、邗溝一曲耳。然而富家巨室，亭館鱗次，金碧相望，倘更得一山水絶勝處，則人將争據之矣。

喬君斯園，獨遠城市，林木森蔚，清流環繞，因高爲山，因下成池，隔江諸峰，聳峙几席，珍禽奇卉，充殖其中，抑何其審處精而位置宜也！予足跡未經，不能曲寫其狀，始就圖中所睹，已不啻置身辟疆、金谷間矣！彥來又言喬君孝友謹厚，篤於故舊，其行誼有過人者。予深憾道里遼遠，且迫於耄年，無由與之把臂；至其風雅好事，則固於圖中略窺一斑矣。

書報彥來，寄語逸齋，五十年前舊使君白頭無恙，猶能捉筆記斯園之勝，亦不可謂非予之幸也已！

（録自《帶經堂集》卷七十七）

作者簡介：王士禛（一六三四—一七一一），號阮亭，又號漁洋山人，新城（今山東桓臺）人。順治十五年（一六五八）進士，嘗官揚州推官。著有《帶經堂集》等。

揚州東園記

張雲章

余往時客儀真，儀真者古之真州也。至則急求所謂東園者，由宋迄今七百餘年矣。嘗口咏心維於歐陽子之文，則所謂拂雲之亭、澄虚之閣、清宴之堂，仿佛如見其處焉。既而得其遺址，往往於荒煙蔓草、野田落日之間，低徊留之弗忍去，土人見者，輒怪而笑之甚矣。名勝之跡，文字之美溺人也。

揚州去真州不三舍，余客居尤久，又數數過之，但見城北園林迤邐，且數十家，而市塵未離，游目未曠，心輒少之，未聞有所謂東園者。今年甫至揚，而東園之名已籍籍人口。問之，則喬君逸齋之所作，三年于兹矣。君兄弟與予有舊好，聞其至心甚喜，聞其與吾家匠門俱至，益喜。已潔尊俎而待之。其地去城以六里名村。蓋已囂塵而就閑曠矣。問園之列屋高下幾何，則虚室之明，温室之奥，朝夕室之，左右俱宜，不可以悉志。其佳處輒有會心，則孰爲之名。通政曹公時方爲鹾使，于此游而樂焉，一一而命之也。堂曰『其椐』，取《詩》所爲『其檉其椐』者言之也。堂之前數十武，因高爲邱者二，上有百年大木。其面堂而最正且直者，椐也。堂後修竹千竿，绿净如洗。由堂繞廊而西，有樓曰『幾山』。登其上者，臨瞰江南諸峰，若在几案，可俯而憑也。樓之前，有軒臨于陂池，曰『心聽』。聽之不以耳而以心，萬籟之鳴，寥静者之所自得也。由軒西北出，經樓下折而西，則葺茅爲宇，不斫椽列墻，第闌檻其四旁。倦者思憩，可以坐卧，其寬廣可觴咏數十客，顔曰『西池吟社』，以西池浸其前也。又西，則曰『分喜亭』，築臺以爲之基，亭翼然出，可以觀稼，欲分田畯之喜也。亭之南，爲高邱者又二，取徑上下，達于西墅，推窗而望，則平疇一目千頃。由西墅而東，重岡逶迤，密樹

薈蔚，有修廊架險，亘乎沼沚之中，則曰『鶴厂』，以其爲放鶴、招鶴之所，又昌黎所謂『開廊架崖厂』者也。又東出，則啓其門，即『心聽軒』之左，循山徑數百步，屢折而南，又于漁庵，前臨滄波，可容數十艇。折而東北，則園之跨梁而入者在焉。其西，農者數家，與漁人雜處。其外曠若大野，視西墅增勝，蓋江水西來，瀠洄于園之前，環匝其四圍，而委注于此，故作庵以踞之。

大抵此園之景，雖出于喬君之智所設施，實天作而地成，以遺之者多也。游者隨其所至，皆有所得。余與匠門，挾其少長以來，浩浩乎，悠悠乎，其心真與造物者爲侣。計園之勝非獨城北諸家所不能媲美，即當日真州之東園，未必能盡游觀之適如此也。余既不能爲歐陽子之文，安能使後之想慕乎斯園者，如想慕乎真州。然余深嘉喬君之能脱遺軒冕而弗居，當四方之衝，舟車之繁會，獨超然埃壒而爲此，又能自爲言以道其志，亦足以垂于無窮矣。且求文于新城王先生。先生，今之有歐陽子之望者也。而繼之者又文章巨公如通政之題其勝處，而客繫以詩，家匠門屬而和之，皆可傳示于後，後之來游來歌者，方未有已也，則余得以謝其責也夫。康熙五十年十一月。

（録自《江都縣續志》卷九）

東園記

宋犖

廣陵喬君逸齋，構園于城東之甪里村，曰『東園』。銀臺曹公爲賦《東園八詠》，嘉定張漢瞻文以紀之，而吾友王尚書阮亭復爲之記，參鎮姜君圖以示余，援阮亭以爲請，余觀園中陂池臺榭之美、禽魚樹石之奇，已具于詩與紀，而阮亭則憶昔宦游之地，深羨夫東園之晚出而最勝，且白頭撰述，引爲身世之幸，一唱三歎，若有餘慕焉。阮亭一代宗匠，其言足以取重于世，兹園之傳可知也。

余老矣，安能泚筆以從阮亭後，顧阮亭嘗爲揚州李官，而余之撫吴也，亦屢莅其地，宦轍所經，殆于阮亭後先共之。阮亭去揚四十餘載，而余納節亦經一紀。所謂東園者，皆想像其處而不能以詳矣。阮亭當日釋褐佐郡，才高意遠，聽斷之暇，與逸民遺老，徜徉城郭之外，東園惜未及早與之際，若余往來行部，多值儉歲，徵發賑匱，鞅掌不遑，東園即早成，亦將無由而至焉。是余與阮亭所歷之時不同，而東園之游覽則均憾其所遇之慳也。

今阮亭已歸道山，余里居篤老，西陂魚麥久不作三吴之夢，因披圖伸紙，恍見淮南風物，老人胸中興復不淺，昔湛甘泉，年九十尚爲南嶽之游，余異日或發興雲山，道經于此，喬君其于漁莽鶴厂間，預除一席之地，俾老人策杖逍遥登覽其勝，而暮靄朝煙，尚能爲君一賦也。

（録自嘉慶《揚州府志》卷三十）

作者簡介：宋犖（一六三四—一七一三），字牧仲，號漫堂，又號西陂，河南商邱人。官至吏部尚書。著有《西陂類稿》、《漫堂説詩》等。

張印宣柘園記

陳霆發

吾揚新、舊兩城，四方所稱繁華地，而小東門外市肆稠密，居奇百貨之所出，繁華又甲兩城，寸土擬于金云。小東市衢約長三里，居人往往置別業于室之左右。以余所熟游者，其東則有李詞臣之『春暉園』，再東則有樂介冰之『樂圃』。他聞名未嘗一至者不知凡幾。而『春暉』以西則實無園，蓋其地益與市相逼，其勢以有所不寧，烏在近市而居，必有游觀之樂乎？

余友張君印宣，温雅蘊藉人也，于書無所不讀，工詩古文詞，氣耑而容寐，每賓客雜坐，議論蜂起，印宣抱膝微吟，悠然獨有所得，不向喧啾中措一語。辟其屋後地爲園，用曲江柘樹事，名以『柘園』。有堂、有樓、有臺、有廊。巡廊折入，有軒、有別室、有池、有山。山尤突兀，起伏作勢。梅杏、竹松、辛夷、木樨之屬難以悉數。丙子九月，餘與清溪兄坐卧園中，竟日觀覽，無不到。印宣引余登臺而望，指蒼然鱗次而列者曰：『此新勝街市屋之毁而復構者』。指樹杪之蚩尾上矗，巍然而峙者曰：『此李氏故樓，所謂「春暉園」者也。』余始恍然，柘園在小東門外『春暉』之西。于是惄焉歎詞臣不得蒙業而安，至移家雲陽，不得時一見。又念『春暉』以西故無園，静深自好，如印宣乃若争奇門勝，園于市廛近地。顧余自朝及夕，神氣爽朗，而耳目清明，隱躍有林壑閑趣，若忘此身之在城市者。然後知印宣之築此園，猶之抱膝孤吟于衆賓之際，無二道也。

往時，歸震川倅邢州，記其廳壁有云：『時獨步空庭，槐花黄落，遍滿階砌，殊歡然自得。』夫宫庭簿書棰楚地，震川所見如此，然未審震川風度，得如九齡否？印宣之不愧，而拓其園所由，善承其家學也哉。歲行盡矣，一夕朔風起，雪霰擊石，錚錚有聲，酒壺將空，爐火不暖，印宣得毋有深山之感乎？徐驗之。

（録自《何有軒文集》卷三）

作者簡介：陳霆發，字鳴夏，清江都人。著有《何有軒文集》。

存園 存園原址在揚州東門外二里橋，清康熙中安徽歙縣吴從殷建，其子蔚起讀書其中，延宜興儲欣爲師。康熙四十年（一七〇一）儲欣作《存園記》。今存園不存矣！

存園記

儲　欣

廣陵距江僅數十里。貴富家飾臺榭爲觀游，鱗次櫛比於所謂虹橋者，地局促，闃然無登眺之樂，舉步面墻，至者失望。獨東郊二里橋存園，吴君尚木别業也。横縱百餘畝。門以外，江帆村舍，縱目無際。入門，土山川梁。稍進，堂、軒、亭、樓、臺、閣、茅齋、斗室、長廊，曲欄、藤架、竹籬，位置楚楚，大假素樸少丹刻者。佳花卉夾路，古樹大竹森列。鳥善啼者滿林，躍魚滿池。樹之古率百年。玉蘭連理，相傳數百歲，拱把有元，于今益榮。其地，某氏廢圃也，售於君。相方結宇，量趣移植，灑掃壅溉，頓成鉅觀。子蔚起從予學，邀余讀書園中。四時明晦，景物千狀。屬文摛辭，如有開助。庚辰，拓園之東構半閣，尤雅以曠，與坐大閣露臺，望江南諸山，皆一園最勝處。居氓語余：『此地曩爲廢圃，守者滋懈，杏桂合抱，塗人得斫以爲薪。今之蓊然秀者，莫非斧斤之餘也。』余歎曰：『物得主而存，園以存名，豈虚哉。』主人曰：『否！否！不然，吾以存吾心。』康熙辛巳。

（録自《江都縣續志》卷九）

作者簡介：儲欣（一六三一—一七〇六），字同人，江蘇宜興人。著有《在陸草堂集》等。

容園 容園建于清嘉慶間，幾易其主。嘉慶《江都縣續志》卷五《古蹟》云：『容園在康山後，刑部郎黄履昊辟以奉母。』光緒《江都縣續志》卷十九《名蹟考》云：『容園在南河下街，貴州巡撫江蘭宅。道光初，運判張應銓居之。園有古藤大合抱，池極廣，廣甲于郡。』二十二年（一八四二），曾任江蘇巡撫兼署兩江總督的梁章鉅因避海警借寓容園三閲月，稱是園『水木之勝，甲于邗江』。並寫有《張松厓郡丞》五言律詩，其三四兩句云：『容園割宅居，離合太草草。』曾署兩淮鹽運使的金安清在《水窗春囈》卷下《維揚勝地》條中寫他光緒二十四年（一八九八），因贅婚揚州，曾游容園。他説，是『園廣數十畝，中有三層樓，可瞰大江，凡賞梅、賞荷、賞桂、賞菊，皆各有專地，演劇宴客，上下數級，如大内式。另有套房三十餘間，迴環曲折，迷不知所向。金玉錦繡，四壁皆滿，禽魚尤多。』

《二十年目睹之怪現狀》是晚清四大譴責小説之一，其作者、廣東南海吴研人來揚州曾游容園，他在該書四十五回中寫道：『這天述農同了我去逛容園，據説這容園是一個姓張的産業。揚州花園，算這一所最好；除了各處樓臺亭閣之外，單是廳堂就有三十八處，却又處處的裝潢不同。游罷了回來，我問起述農，説這容園的繁華，也可以算絶頂了。聞揚州的鹽商闊綽，今日到了此地，方才知道是名不虚傳。』

一九六三年十月，著名書畫家豐子愷偕夫人及女兒來游揚州，回到上海後，十一月一日寫信給揚州文化處處長張青萍，信中提到容園。他説：『病中閲《二十年目睹之怪現狀》，見作者云當年曾游揚州容園，此園爲揚州之冠，此次弟未見容園，想已毁于兵燹乎？』

據金安清《維揚勝地》記載，就在他那次，即光緒二十四年（一八九八）游容園，『未及數日即燬于火』，説其『猶幸眼福之未差也。』

容園記

汪濬

江都地狹而民稠，巨室大家，排甍雁齒，然自謁舍寢堂已外，不易有隙地以爲園林。而好事者往往於近郊負郭，小築池臺，僅足以供人之假借宴游。主人之能過而樂者，蓋一旬之中無二三日焉。况特浮慕繁華，非真有巖壑之性，其志意又無所專屬，則雖偶得而有之，吾知其弗能樂也。今比部黄君昆華，才情豪邁，風懷瀟灑，而兼有至性，能以色養太夫人。其第在城之東南隅，旁有地數百弓。於是壘石爲山，捎溝爲池。導以迴廊，紆以曲樹，雜植嘉葩名卉。几榻琴尊，相與分張，掩映而並，自署曰『容』。容之云者，非容膝之謂，蓋直以良辰美景，優猶以容其養；一邱一壑，倘佯以容其身。故每值朝花夕月之際，或奉太夫人鳩杖游止，或與二三同志賦詩論文彈棋鬥茗。於時，俯仰眺聽，池可容魚，樹可容鳥，三徑可容松菊，復廊突厦可容金石書畫之儲。天以人倫天性之樂容君，而君即能以天之容君者容群物，容之義其盡是乎。余嘗繫纜春江，一訪辟疆之勝，心識者久之。既而君通籍於朝，方爲四憲望郎，又不久，請假歸覲北堂，余適于役，再至江都，遂屬余記其園。夫江都之爲園者多矣，若不如君之所以娱其親，自適其性，徒以亭館之瓌麗争艷耳。目彼平泉花木，尚不轉盼而荆棘生焉，遑論其他哉。余既嘉君之志，而又愛園之名，因書以爲記。乾隆五年歲在庚申春中。

（録自《江都縣續志》卷九）

作者簡介：汪瀋（？—一七四二）字荇洲，安徽休寧人，籍江夏。康熙三十三年（一六九四）進士，官至户部右侍郎，大理寺卿。

總憲李公半園記

張雲章

今都御史李公，以少司空家居之日，復其五世祖文定公揚州之第，而改葺其左偏，爲燕閑之息焉。地在東城，面東以敞其堂，由堂后北出，折而西，舊有屋數十楹，斥而新之，爲南面，以適寒暑之宜。門之初入，曰『東城書屋』。並屋循修廊而入，曰『抵山居』。介乎其間者，則有室焉。隱以其廊之垣，雖日手一編于中，莫之覺也。由抵山居左出，梯石以登，曰『帆引閣』。閣之高凡三層，中名帆引。高桅大檣之往來乎揚者，如往來乎閣之外焉。其上爲臺，則無遠不矚。從閣而右出，則曰『宜夏軒』。軒之上，架木甃磚，形若橋樑，以通於閣，可以舒步而列坐。直閣之前鑿爲小池，引水於軒前之井，隔垣而暗注之。畜以文魚，浮以荇藻。升閣而望，儼乎臨不測之溪。至於壘石爲坡，繞以欄楯，佳花美木，雜植交蔭，則自初入以至軒之左右皆然，由是邱壑之形成。顧而笑曰：『足矣。吾以此當世之園林鉅觀矣。』蓋其地本擠以隘，鄰之人有以願鬻告者，公謝去之，不欲增辟也。東西數十弓，南北不數弓耳，客之來者，迤邐而進，恍若游乎無窮焉。既成，而公即奉召還朝。雲章過之曰：『此園之半也，即以半園名之，可乎？』公之長君曰：『此吾父志也。』以書聞于公而許之。即命書二字揭諸楣，而並爲文記之。今世無事不以侈靡相尚。巨室貴家，尤增治園池亭觀，延宇垂阿，高下櫛比，穹谷嵁巖，幽深百折，頃刻之間，發地林立。崎嶇窈窕，奇花異卉，羅蒔薈蔚。大者連數里，小者猶百餘畝。或廢闤闠，以足其勝；或拓原衍，以暢其奇。寥廓悠長，游者足疲神耗，而涉歷猶不得遍。計其快意，不過以充一時之耳目，考其由來，所漁獵侵牟以致之者，可勝道哉！以公所營構者方之，未足爲彈丸一隅，安能當其園之半乎！名以半園，予固未免乎溢之美也。

公之家，自文定作相以來，世爲卿班，名在國史，族之綰組紱而占甲科者，累數十人。淮南之李家聲冠天下，公又作憲萬邦，爲天子所毗輔，使極富貴者之所欲爲，亦何所不可。而公仕宦三十年，始克復文定之故第，而所以供游憲之樂，通高明之觀者，不過如此。予聞公之家規，廉以持己，恭以遇人，儉以處家，厚以澤物。若是《易》之所謂謙亨之君子也。《六四》之象曰：『無不利。撝謙不違則也。』制節謹度，而常不使有溢滿之慮，故能禄世于家，而尤集于公之身，而繼美緝熙于文定之盛。《傳》曰：『公侯之子孫，必復其舊』，豈徒然哉。以兹之謙而益者如此，則彼之盈而虧且害者可知。君子之爲善，常欲推其福，以與天下共之。而肯享之獨且盡而無餘乎。今年公請之于上，以師儉名其堂，而御書以弁之。命其長君復葺其後之樓，而合前賜書，藏之其中，高其垣以障之。不敢平登穴垣之上，而自宜厦之頂，所謂如橋樑者而通焉。於是半園之內，終之以宸翰樓，而人皆以爲榮。不知公之不忘其先，克復世守，孝也；敬上之賜，寶而藏之，俾子若孫，咸知所報稱，忠也。維忠與孝，輔以儉德，不可以不書。於是乎書。康熙四十一年秋九月

（録自《增修甘泉縣志》卷十九）

九峰園

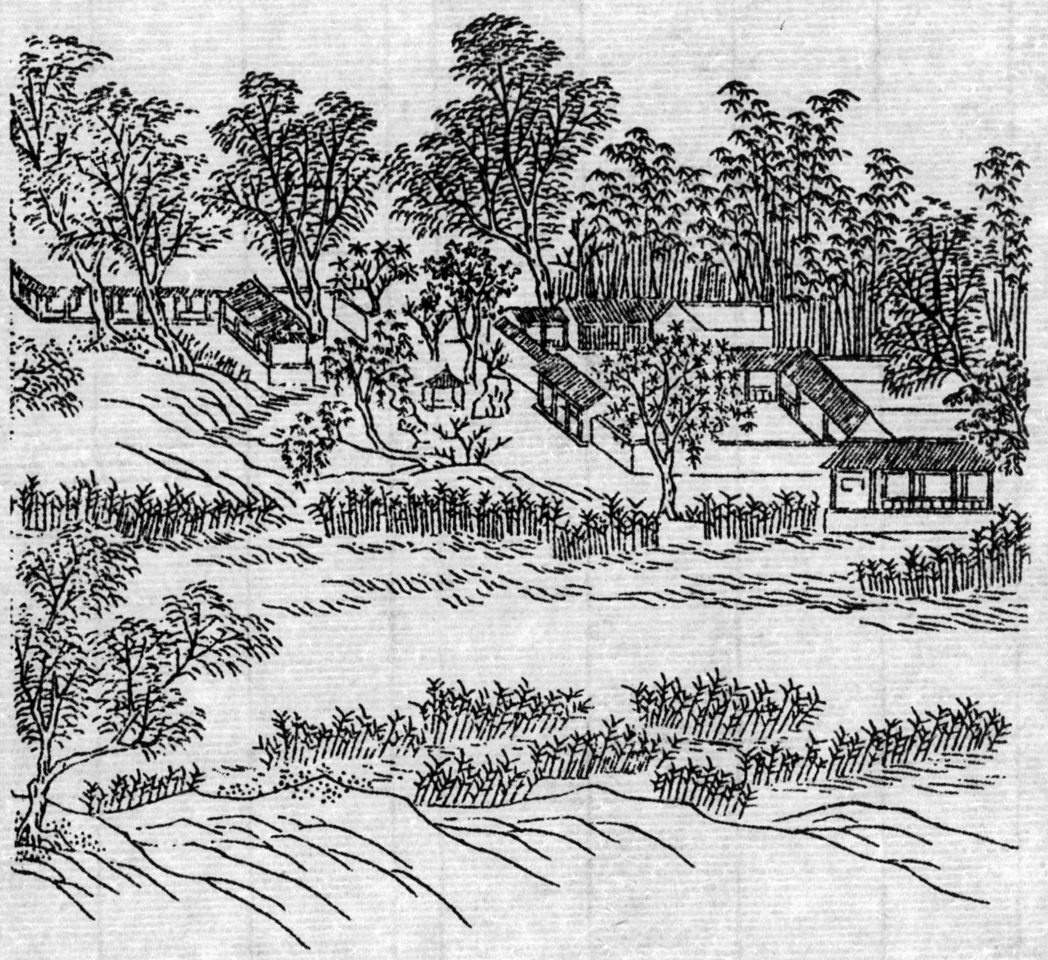

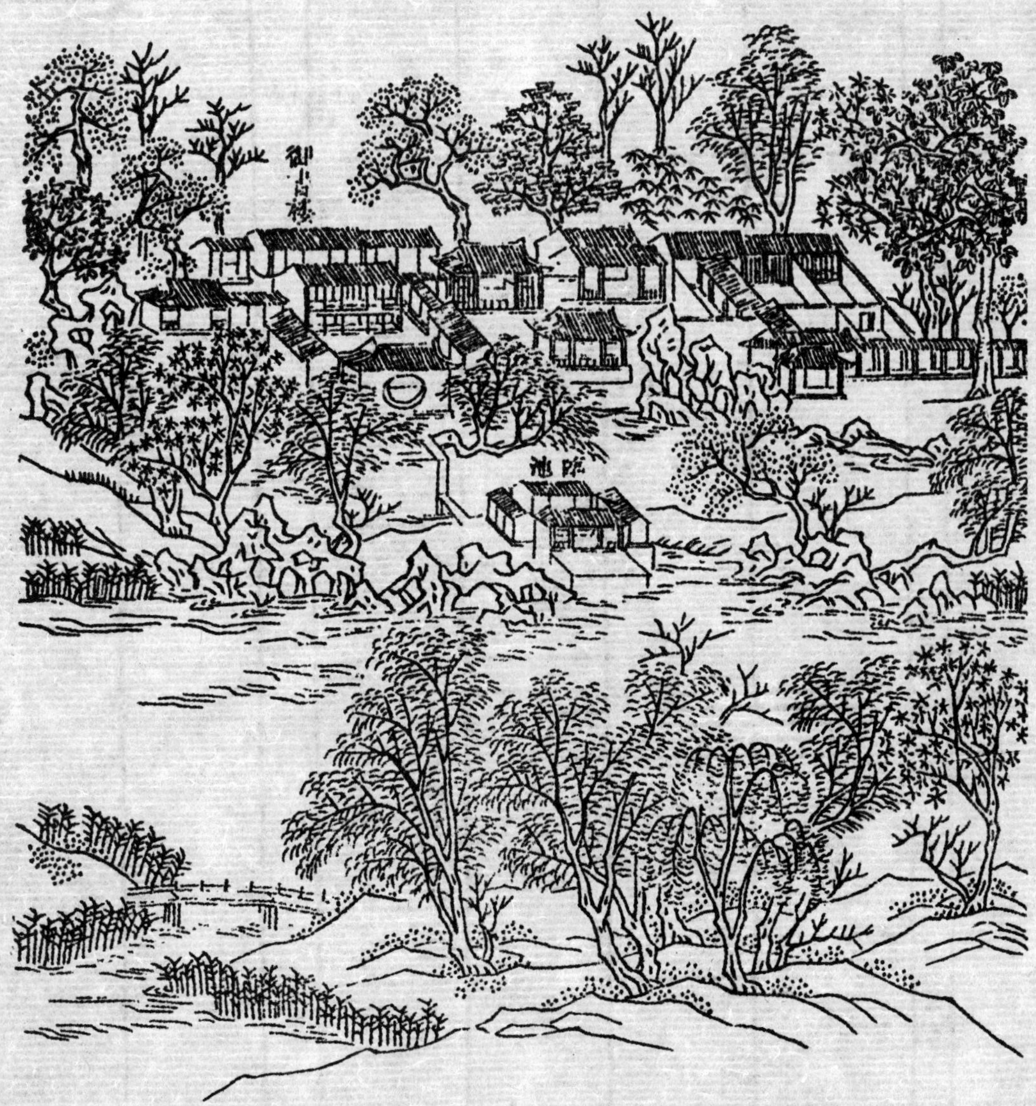

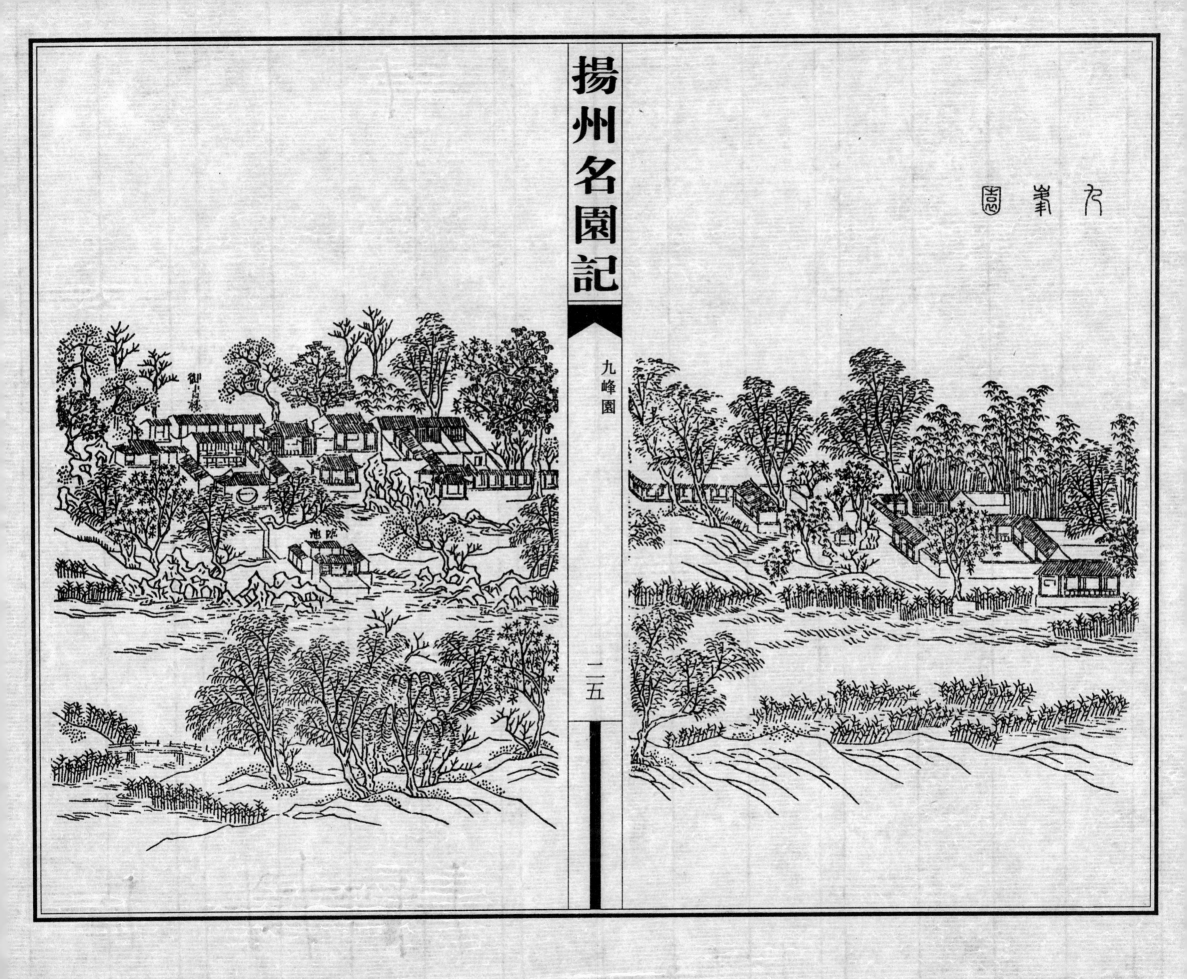

九峰園 九峰園原名南園，安徽歙縣汪氏（玉樞）別業，園中有『深柳讀書堂』、『硯池染翰』諸名勝。清乾隆二十六年（一七六一），其子汪長馨于江南購得太湖石九，大者逾丈，小者及尋，嵌空玲瓏，竅穴千百，衆夫輦至園中。乾隆南巡臨幸，賜名『九峰園』。《揚州覽勝録》云：『當時高宗選二石輦入御苑，園祇存七石。道、咸後園毁。』後來，園中僅存的七石，有的又移至別處，今荷花池公園東大門内，聳立一石，即其故物。

今荷花池公園南園即九峰園故址，北與影園遺址相接。近年，通過整修，已免費對外開放。池中建『硯池染翰』景觀，有曲橋相通。每當夏日，荷芰滿池，清香襲人，遊客陶然欲醉。

御題九峰園記

錢陳群

揚州名園甲江左，而汪氏南園以御題九峰得名。庚寅十月，予携幼子就昏邗江，艤舟數日，訪之城南，則主人椒谷主事，故予世契也。導予游，見所謂硯池者，池上修竹千个，水木明瑟，亭館參差，往往有佳石掩映其間。汪氏有此，傳四葉百餘年矣。而天筆留題，則自二十七年壬午，上三巡江甸，幸蜀岡取道于此，御製詩『九峰園畔换輕舟』是也。始有匾聯之賜。椒谷晋階一級，並拜尚方珍物。乙酉四巡，亦如之。先是椒谷得湖石九于江南，高以尋丈計，次亦及屋梠，偃仰拱揖，主人各以其狀目之。列者如屏，縱者如蓋，夭矯如盤螭，怒張如鯨鬣，皺透玲瓏者曰『抱月』、曰『鏤雲』。離其窟如顧兔，傲其曹如立鶴，其閑散獨處者曰『紫芝』，相傳爲米海嶽庵中物也。好事者據元章石刻一帖云：『上皇山樵人以異石告，遂視八十一穴，大如碗，小容指，制在淮山一品之上。百夫運至寶晋、桐杉之間。』今證以所得之地，或不誣耳。顧此九石者米氏有之，遇其人矣而不甚傳於世。又七百餘年爲汪氏所有，得其所矣而未必稱于人。自翠華來游，寵以宸翰，于是名流騷客之集于此，莫不低徊吟賞不能去。昔元章得南唐研山石，徑長才餘尺，而峰有華蓋、月巖、翠巒、方壇、玉笋、上洞、下洞、龍池諸勝，與蘇仲恭學士以易甘露寺古宅，題曰『北園』。既而悔之，筆想成圖，復題曰：『吾齋秀氣當不復泯矣。』後研山流轉數姓，吾鄉朱文恪公得之。至竹垞前輩出，乞名賢題識。今九峰之大有什百于研山者，而昔壘北園，祇供顛拜；今植南園，得邀宸賞。豈非奇石之奇遇哉。椒谷出圖及紀恩詩請予記，因書以泐諸壁。

（録自《江都縣續志》卷九）

作者簡介：錢陳群（一六八六—一七七四），字主敬，號香樹，又號柘南居士，浙江嘉興人。康熙六十年（一七二一）進士，官至刑部左侍郎。謚文端。

主園 主園原址在揚州南門外靜慧寺旁，清安徽績溪程邦瑞築，嘗鎸《主園圖》，四方名人頗多咏之。今園已不存。

主園圖記

姚鼐

揚州郡邑，于天下最名繁會。居其間者率喜作園館，以靚麗相詩尚。連趾接蔭，隱映合分，跨川彌崖，或十餘里不絶。余于乾隆四十二三年間處揚州，從賓客游諸家名園皆遍，或一至再至，或六七至，其景物至今不忘也。然後來告余者曰：『昔者，某園頹廢，今欲盡矣；某園觀盛如故，而易其主人矣。』屈指三十餘年，人事多變，固其理也。

績溪程君素齋，僑居揚州，於南郭外靜慧寺之側作小園，名之曰『主園』。意謂量地于此，古今不易，而人事無恒，己之寄此猶客耳，其曠遠之趣如此。余未識君，而君聞余撰今體詩抄，輒索取雕板印傳後學，其雅懷好文足尚也。今君園成，爲圖俾其相知胡君黄海持以示余，余老甚矣，必不再至揚州以尋舊蹟，觀圖以思昔者之游，則今昔猶一日也。

（録自《江都縣續志》卷九）

作者簡介：姚鼐（一七三一—一八一五），字姬傳，安徽桐城人。乾隆二十八年（一七六三）進士，授兵部主事，歷充會試同考官。桐城文派領軍人物，著有《惜抱軒詩文集》等。

主園記

吴錫麒

揚州亭館之勝，多在慧因寺以西。紅鎖橋低，緑環岸曲；花木蒙密，風煙渺瀰。小李之圖，競開乎金碧；中人之産，頗割其膏腴。然而榻任苔生，樹留鳥宿。看竹既無須問主，春水亦何事干渠。即有載酒相尋、欸扉而入者，幾不知爲誰氏之園矣。

程君素齋遠辭歌吹，樂就郊坰。依依白塔之迎，去去萸灣而近。寄公之宅，受此一廛；儒者之宫，拓其半畝。聊比菟裘之息，特操牛耳而言。謂是仲蔚鋤荒，蘭成構小。不必備月榭風亭之勝，要自適巖居谷處之幽。凡入望之樓臺，皆如我有；告來游之鷗鷺，請受斯盟。主園之名，由兹以立。夫宇宙本人生之逆旅，萍蓬爲吾輩之行蹤。則貌幼輿于邱壑之中，畫文衍于雲泉之内。原足資其寫仿，供我陶嘉。而况板築之興，聲聞謳癸；陰陽之度，面可延庚。歌斯干而落成，賦此室而入處。衛公子苟完而已，齊大夫近市何妨。爲客乎！爲主乎！定東南之户，不須燕子猜尋；忘上下之床，願與白雲卧起而已。

（録自《有正味齋駢體文續集》卷五）

作者簡介：吴錫麒（一七四六—一八一八），字聖徵，號穀人，杭州人。乾隆四十年（一七七五）進士，官終國子監祭酒。曾主講揚州安定、樂儀書院。著有《有正味齋集》。

依園游記

陳維崧

出揚州北郭門百餘武爲依園。依園者，韓家園也。斜帶紅橋，俯映淥水，人家園林以百十數，依園尤勝，屢爲諸名士宴游地。

甲辰春暮，畢刺史載積先生觴客于斯園。行有日矣，雨不止，平明天色新霽，春光如黛，晴絲罥人，急買小舟，由東門至北郭。一路皆碧溪紅樹，水閣臨流，明簾夾岸，衣香人影，掩映生綃畫縠間。不數武，舟次依園，先生則已從亭子上呼客矣。

園不十畝，臺榭六七處，先生與諸客分踞一勝。雀爐茗碗，楸枰絲竹，任客各選一藝以自樂。少焉，衆賓雜至，少長咸集，梨園弟子演劇，音聲圓脆，曲調濟楚，林鶯爲之罷啼，文魚于焉出聽矣。是日也，風日鮮新，池臺幽靚，主賓脱去苛禮，每度一曲，坐上絶無人聲，園門外青簾白舫，往來如織。凌晨而出，薄暮而還，可謂勝游也。

越一日，復雨。先生笑曰：『昨日之游，意其有天焉否耶！雖然，歲月遷流，一往而逝，念良朋之難遘，而勝事之不可常也，子可無一言以紀之？』並屬崇川陳菊裳鵠爲之圖。圖成，各繫以詩。

同集者：閩中林那子先生古度、楚黄杜于皇濬、秣陵龔半千賢、新安孫無言默、山陰吕黍字師濂、山左劉孔集大成、曲智仲勛、吴門錢德遠夢麟、真州王仲超昆、崇川陳菊裳鵠、李瑶田遴、張麓述翥、徐春先禧、秦郵李次吉乃綱、舍弟天路鶱暨崧共十有七人。

（録自《陳迦陵文集》卷六）

作者簡介：陳維崧（一六二五—一六八二），字其年，號迦陵，江蘇宜興人。晚年舉博學鴻詞科，授檢討。著有《陳迦陵文集》、《湖海樓詩集》、《迦陵詞》等。

个園

民國初年，陳含光作有《个園歌並序》，其序云：『个園者，黄氏故園。揚州八總商，黄至筠次居第七。……其園在東關街，度地十餘畝，他宅屋稱是。黄敗，丹徒李氏得園之一角，仍其故名。巨麗已爲揚州之冠。清末，李以商業折閱負官債。鼎革後，園屬徐故上將寶山家，轉移之迹，世莫能明也。』丹徒（今鎮江）李氏，即李培松（字韵亭），李培楨（字維之）兄弟。後來个園又歸朱氏（瑞徵）。

个園座北朝南，杜召棠《揚州訪舊録》云：『屋南向，並列五門，曰「福、禄、壽、財、喜」，平時啓中間之福門，收發鹽課則開財門，有壽事則開壽門，有喜事則開喜門，加官進爵則開禄門。每一門内皆有大廳、二廳、花廳及戲臺。宅内鱗次櫛比，屋難計數。……中有个園，水木明瑟，池館清幽，種竹萬竿，故名个園。』

劉鳳誥《个園記》石刻後有吴鼒題跋，云：

鼒與黄君个園定交，在嘉慶丁巳、戊午間，己未，通籍史館，十年不相見矣。而魚雁之通，歲月無間，既以養歸，傭筆邗上，相與數晨夕，叙平生歡者倏忽十二年。个園以名太守之子治譜家傳，練于時務，戀戀庭闈，不汲汲仕進，吟風儲雨，而軍國重事效忠愛不已，其報國與仕同也。性嗜山水，新築一園，極林泉樹石之妙，前輩金門宫保已爲作記。個園以余性情近，蹤跡熟，更索一言書後。

夫個園崇尚逸情，超然霞表，故所居與所位置，不染揚州華臙之習，而自得晋宋間人恬適瀟遠之趣，然個園之抱負豈久于山中者哉！揚州亭館比勝吴越，餘欲仿李格非《洛陽名園記》，羅列爲一編，今且跋此記以先之。嘉慶歲陽三在己，門指巳、午之間。全椒吴鼒並書。

近幾年，个園幾經修復，焕然一新，正門改爲北向，其春夏秋冬四季假山，更爲海内園林所僅有，與北京頤和園、承德避暑山莊、蘇州拙政園並稱『中國四大名園』。現爲國家重點文保單位。二〇〇七年二月，被國家建設部公布爲第一批二十家國家重點公園之一。

个園記

劉鳳誥

廣陵甲第園林之盛，久冠東南。士大夫席其先澤，家治一區。四時花木容與，文讌周旋，莫不取適於其中。仁宅禮門之道，何坦乎其無不自得也。

个園者，本壽芝園舊址，主人闢而新之。堂皇翼翼，曲廊邃宇，周以虚檻，敞以層樓，壘石爲小山，通泉爲平池，緑蘿裊煙而依迴，嘉樹翳晴而蓊匌。閬爽深靚，各極其致。以其目營心構之所得，不出户而壺天自春，塵馬皆息。于是娱情陔養，授經庭過，暇肅賓客，幽賞與共，雍雍藹藹，善氣積而和風迎焉。

主人性愛竹，蓋以竹本固，君子見其本，則思樹德之先沃其根；竹心虛，君子觀其心，則思應用之務宏其量。至夫體直而節貞，則立身砥行之攸繫者，實大且遠。豈獨冬青夏彩，玉潤碧鮮，著斯州篠蕩之美云爾哉！主人爰稱曰『个園』。

園之中珍卉叢生，隨候異色。物象意趣，遠勝於子山所云，『欹側八九丈，從斜數十步；榆柳兩三行，梨桃百餘樹』者。主人好其所好，樂其所樂，出其才華以與時濟，順其燕息以獲身潤，厚其基福以逮室家，孫子之悠久咸宜，吾將爲君咏樂彼之園矣。嘉慶戊寅中秋劉鳳誥記併書。

（録自《存悔齋集》卷十一）

作者簡介：劉鳳誥（一七六一—一八三〇），字丞牧，號金門，江西萍鄉人。乾隆五十四年（一七八九）進士，授編修，官至吏部右侍郎。著有《存悔齋集》。

假園記

汪懋麟

居士既歸之明年，無所栖息，假于故人魯子郭外之小園以少休焉。園在城北，去郭不數里，蜀岡爲背，南山當前，隋河左流而曠其右，地以畝度，得十之四五，菜畦竹圃、花溪藥欄具焉。屋以間度，如畝之數而倍之，軒庖凉燠之室具焉。

揚俗爲園，豐於宇，嗇於植，此獨植爲豐，草木之花，幾倍四時。居士既休於此，門其兩扇，握一卷，枕一榻，終日不聞人語，甚樂也。客有竊笑者，曰：『園非己屬，曷樂乎？』居士曰：『必己屬而後樂，天下之可樂者亦少矣。必屬於己而樂，而此遂不他屬也，天下之樂可常屬於己者又少矣。今日屬於我而樂，明日屬人而樂，均樂也。必樂焉而已屬究不知其何所屬，而樂亦不知其何在也！』『然則居士曷樂乎？』曰：『是爲居士少休之園即樂耳！』遂記之。

（録自《百尺梧桐閣文集》卷三）

作者簡介：汪懋麟（一六四〇—一六八八），字季角，號蛟門，揚州人。康熙六年（一六六七）進士，歷官内閣中書、刑部主事。著有《百尺梧桐閣集》。

以下六園，分别録自李斗《揚州畫舫録》卷六、七、十、十二、十五，陳植《中國歷代名園記選注》，陳從周、蔣啓霆《園綜》亦曾選録。有關題咏、楹聯及賓客小傳皆删去，今仍之。

小洪園

卷石洞天在『城闉清梵』之後，即古員園地，員園以怪石老木爲勝，今歸洪氏。以舊制臨水太湖石山，搜巖剔穴，爲九獅形，置之水中。上點橋亭，題之曰『卷石洞天』，人呼之爲『小洪園』。

園自芍園便門過群玉山房長廊，入薜蘿水樹。樹西循山路曲折入，竹柏中嵌黄石壁，高十余丈；中置屋數十間，斜折川風，碎摇溪月。東爲契秋閣，西爲委宛山房。房竟多竹，竹砌石岸，設小欄，點太湖石。石隙老杏一株，横卧水上，夭矯屈曲，莫可名狀。人謂北郊杏樹，惟法浄寺方丈内一株與此一株爲兩絶。其右建修竹叢桂之堂，堂後紅樓抱山，氣極蒼莽。其下臨水小屋三楹，額曰『丁溪』，旁設水馬頭。其後土山逶迤，庭宇蕭疏，翦毛栽樹，人家漸幽，額曰『射圃』，圃後即門。

過群玉山房，構廊與河蜿蜒，入薜蘿水樹。後壁萬石嵌合，離奇夭矯，如乳如鼻，如腭如臍。石骨不見，盡衣蘿薜。樹前三面臨水，欹身可以汲流漱齒。獅子九峰，中空外奇，玲瓏磊塊，手指攢撮，鐵綫疏剔，蜂房相比，蟻穴涌起，凍雲合遝，波浪激衝，下本淺土，勢若懸浮，横竪反側，非人思議所及。樹木森戟，既老且瘦。夕陽紅半樓飛檐峻宇，斜出石隙。郊外假山，是爲第一。

薜蘿水樹之後，石路未平，或凸或凹，若蹉若囓，蜿蜒隱見，綿亘數十丈。石路一折一層，至四五折，而碧梧翠柳，水木明瑟，中構小廬，極幽邃窈窕之趣，顔曰『契秋閣』，過此又折入廊，廊西又折。折漸多，廊漸寛，前三間，後三間，中作小巷通之，覆脊如『工』字。廊竟又折，非樓非閣，羅幔綺窗，小有位次。過此又折入廊中，翠閣紅亭，隱躍欄檻。忽一折入東南閣子，躐步凌梯，數級而上，額曰『委宛山房』。閣旁一折再折，清韻丁丁，自竹中來。而折愈深，室愈小，到處粗可起居，所如順適。啓窗視之，月延四面，風招八方，近郭溪山，空明一片。游其間者如蟻穿九曲珠，又如琉璃屏風，曲曲引人入勝也。

南園

歙縣汪氏「於城南古渡橋旁」得九蓮庵地，建别墅曰『南園』。有『深柳讀書堂』、『穀雨軒』、『風漪閣』諸勝。乾隆辛巳，得太湖石九於江南，大者逾丈，小者及尋，玲瓏嵌空，竅穴千百。衆夫輦至，因建『澄空宇』、『海桐書屋』，更圍『雨花庵』入園中，以二峰置『海桐書屋』，二峰置『澄空宇』，一峰置『一片南湖』，三峰置『玉玲瓏館』，一峰置『雨花庵』屋角，賜名『九峰園』。

九峰園大門臨河，左右子舍各五間。水有牂牁繫舟，陸有木寨繫馬。門内三楹，設散金緑油屏風，屏内右折爲二門，門内多古樹。右建廳事，名曰『深柳讀書堂』。堂前構玻璃房，三四折入『穀雨軒』，右爲『延月室』，其東南閣子，額曰：『玉玲瓏館』。是屋兩面在牡丹中，一面臨湖。軒後多曲室，車輪房結構最精，數折通御書樓。樓右爲雨花庵，庵屋四面接檐，中爲觀音堂，右爲水廊，廊外即市河。樓前門上，石刻『硯池染翰』四字。門外石版橋，過荷塘至堤上，方亭顔曰『臨池』。東構小廳事，顔曰『一片南湖』。至此，全湖在目。旁爲『風漪閣』，左有長塘畝許，種荷芰，沿堤芙蓉稱最。最東小屋虚廊在叢竹間，更幽邃不可思擬。閣後曲室廣厦，軒敞華麗，窗欞皆置玻璃，大至數尺，不隔纖翳。窗外點宣石山數十丈，賜名『澄空宇』扁額，廳右小室三楹，室前黄石壁立，上多海桐，顔曰『海桐書屋』。屋右開便門，門外乃園之第二層門也。

『深柳讀書堂』前，黄石叠成峭壁，雜以古木陰翳，遂使冷光翠色，高插天際。蓋堂爲是園之始，故作此壁，欲暫爲南湖韜光耳。旁有辛夷一樹，老根隱見石隙，盤踞兩弓之地，中爲惡蟲蝕空，不絶如縷，以杖柱之，其上兩三嫩條，生意勃然，花時如玉山頹。

『穀雨軒』種牡丹數千本，春分後植竹爲枋柱，上織蘆荻爲簾旌，替花障日。花時綺牖洞開，朝日夕陽，蓮炬明月，最稱佳麗。花過後各户全扃。穀雨軒旁多小室，中一間窗牖作車輪形，謂之『車輪房』，一名『蜘蛛網』。

『御書樓』即雨花庵舊址，樓右開門，嵌『雨花庵』舊額石刻於門上。中供千手眼準提像，昏鐘曉磬，園丁司之。雨花庵門外嵌石刻曰『硯池染翰』。門前石版橋三折，橋頭三埈人立，其洞穴大可蛇行，小者僅容蟻聚，名曰『玉玲瓏』，又名『一品石』。《圖志》云，相傳爲海嶽庵中舊物。園中九峰，奉旨選二石入御苑，今止存七石。

石版橋外湖堤上建方亭，額曰『臨池』。亭前爲園中艤舟處，有畫舫，名曰『移園』，爲汪氏自製。臨池亭旁，由山徑入，一石當路，長二丈有奇，廣得其半，巧怪巉巖，藤蘿蔓衍，煙靄雲濤，吞吐變化，此石爲九峰之一。旁構小廳，額曰『一片南湖』，是屋窗欞，皆貯五色玻璃，園中呼之爲『玻璃房』。

『一片南湖』之旁，小廊十餘楹，額曰『煙渚吟廊』。其東斜廊直入，水閣三楹，額曰『風漪』。是閣居湖北湄，湖水極闊。中有土嶼，松楡梅柳，亭石沙渚，共爲一邱。其下無數青萍，每秋冬間，艾陵野鳧、揚子鴻雁、北郊寒鴉，皆覓食於此。風雨時作激湧，狀如下石。鍾山對岸，南堤澗中，飛動成采，此湖上水局最勝處也。

『風漪閣』後東北角有方沼，種芰荷，夾堤栽芙蓉花。沼旁構小亭，亭左由八角門入，虛廊三四折，中有曲室四五楹，爲園中花匠所居，蒔養盆景。

『煙渚吟廊』之後，多落皮松、剥皮檜。取黃石叠成翠屏，中置兩卷廳，安三尺方玻璃，其中或綴宣石，或點太湖石。太湖即九峰中之二峰，名之曰『玻璃廳』，上懸御扁『澄空宇』三字。石工張南山嘗謂『澄空宇』二峰爲真太湖石。太湖石乃太湖中石骨，浪激波滌，年久，孔穴自生，因在水中，殊難運致。

『海桐書屋』後二峰屹立，至是九峰乃全。是本九蓮庵故址，九蓮本名『二分明月』。庵爲宏覺國師木陳建，取唐人『古渡月明聞棹歌』句，自入園中，庵遂不復重建。

大洪園

『虹橋修禊』爲大洪園。大洪園有二景，一爲『虹橋修禊』，一爲『柳湖春泛』。是園爲王文簡賦《冶春詩》處，後盧轉運修禊亦於此，因以『虹橋修禊』名其景，列於牙牌二十四景中，恭邀賜名『倚虹園』。

園門在渡春橋東岸，門内爲妙遠堂，堂右爲餞春堂，臨水建飲虹閣，閣外『方壺島嶼』、『濕翠浮嵐』。堂後開竹徑，水次設水馬頭，逶迤入涵碧樓。樓後宣石房，旁建層屋，賜名『致佳樓』。直南爲桂花書屋，右有水廳面西，一片石壁，用水穿透，杳不可測。廳後牡丹最盛，由牡丹西入領芳軒。軒後築歌臺十餘楹，臺旁松柏杉櫧，鬱然濃陰。近水築樓二十餘楹，抱灣而轉，其中築修禊亭。外爲臨水大門，築廳三楹，題曰『虹橋修禊』。

妙遠堂，園中待游客地也。湖上每一園必築深堂，餙庖寢以供歲時宴游，如是堂之類。堂右築餞春堂，旁通水閣十餘間如曲尺，額曰『飲虹閣』，峭廊飛梁，朱橋粉郭，互相掩映，目不暇給。

涵碧樓前怪石突兀。古松盤曲如蓋，穿石而過，有崖崚嶒秀拔，近若咫尺。其右密孔泉出，迸流直下，水聲泠泠，入於湖中。有石門劃裂，風大不可逼視，兩壁摇動欲摧。崖樹交抱，聚石爲步，寛者可通舟。下多尺二繡尾魚，崖上有一二釣人，終年於是爲業。樓後灌陰鬱莽，濃翠撲衣。其旁有小屋，屋中叠石於樑棟上，作鐘乳垂狀。其下巑岏嵂，千叠萬復，七八折趨至屋前深沼中。屋中置石几榻，盛夏坐之忘暑，嚴寒塞墐，几上加貂鼠彩絨，又可以圍爐

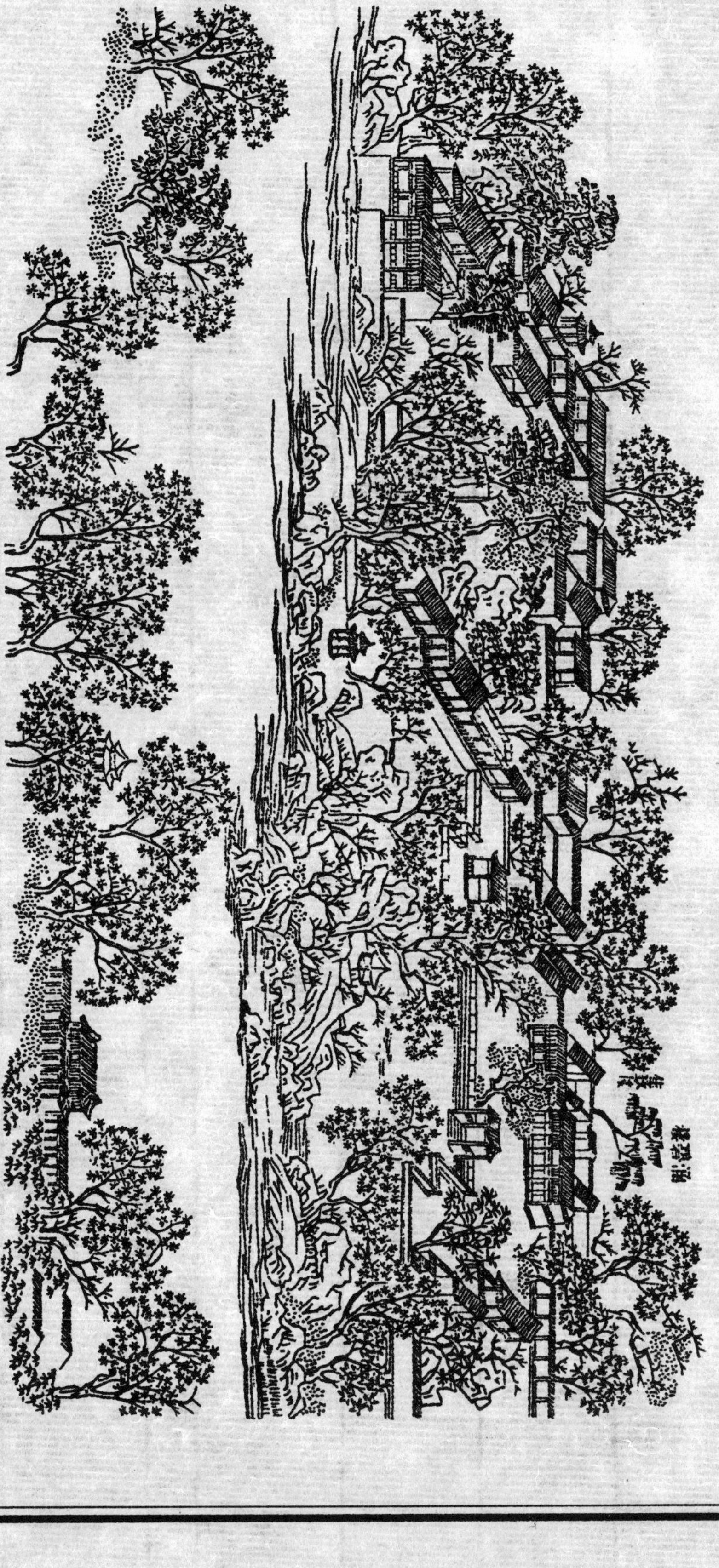

倚虹園

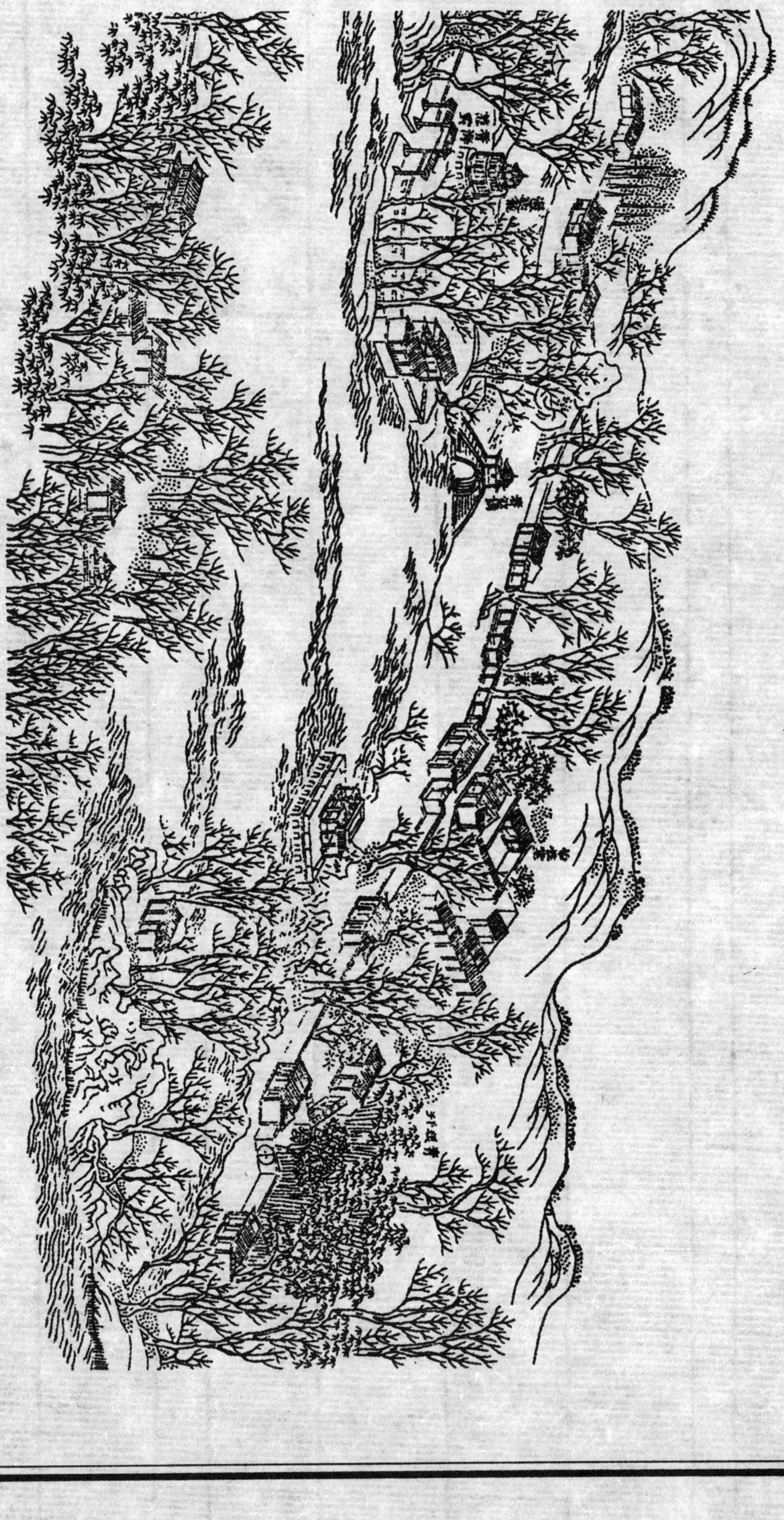

淨香園

門飲，直詭製也。

致佳樓五楹，供奉御扁石刻及『花木正佳二月景，人家疑住武陵溪』一聯。是樓亦在崔園舊址之内。樓後皆新辟荒地，並轉角橋西口之冶春茶社圍入園中。自是園始三面臨水，水局乃大。中築桂花書屋，逶迤連絡小室數十間，令游者惝怳弗知所之。

倚虹園之勝在於水，水之勝在於水廳。自桂花書屋穿曲廊北折，又西建廳事臨水，窗牖洞開，使花山澗湖光石壁褰裳而來。夜不列羅幃，晝不空畫屏。清交素友，往來如織。晨餐夕膳，芳氣竟如涼苑疏寮，雲階月地，真上黨慰斗臺也。

湖上水樓以是園之修禊樓爲最，蓋以水局勝也。樓在園東南隅，彎如曲尺，樓下開門，上供奉御扁『倚虹園』三字及『柳拖弱縷學垂手，梅展芳姿初試嚬』一聯。門前即水馬頭。

園門右廳事三楹，中楹屏間鼓兒上刻『虹橋修禊』四字，大徑尺餘。旁築短垣，開便門通轉角橋。

『柳湖春泛』在渡春橋西岸，土阜蓊鬱，利於栽柳。洪氏構草閣，題曰『輞川圖畫』。閣後山徑蜿蜒入草亭，曰『流波華館』。館西步平橋入湖心亭，復於東作版廊數折入舫屋，曰『小江潭』。輞川圖畫閣三楹，在楊柳間，樹光蒙密，日色玲瓏，禽鳥上下，水紋清妍。流波華館後墻在湖湑，前榮在湖中，地上皮板，板上以文磚亞次，步之一片清空。館右復作板廊數折入湖心亭，左作宛轉橋，曲折上小江潭。

江園

江園，後賜名『净香園』。園門在虹橋東，竹樹夾道，竹中築小屋，稱爲水亭。亭外清華堂、青琅玕館，其外爲浮梅嶼。竹竟爲春雨廊、杏花春雨之堂，堂後爲習射圃，圃外爲綠楊灣。水中建亭，額曰『春禊』。射圃前建敞廳五楹，上賜名『怡性堂』。堂左構子舍，仿泰西營造法，中築翠玲瓏館，出爲蓬壺影。其下即三卷廳，旁爲江山四望樓。樓之尾接天光雲影樓，樓後朱藤延曼，旁有秋暉書屋及涵虛閣諸勝。又有春波橋，橋外有來薰堂、浣香樓、海雲龕、艤舟亭。橋裏有珊瑚林、桃花館、勺泉、依山二亭。由此入篠溪莎徑，而至迎翠樓。

江園門内開　竹徑，臨水築曲尺洞房，額曰『銀塘春曉』。園丁於此爲茶肆，呼曰『江園水亭』，其下多白鵝。

清華堂臨水，荇藻生足下，堂後筤簹數萬，摇曳檐際。左望一片修廊，天低樹微，樓閣晻曖；堂後長廊逶迤，修竹映帶。由廊下門入竹徑，中藏矮屋，曰『青琅玕館』。

接青琅玕館之尾，復構小廊十數楹，額曰『春雨廊』。廊竟，廣築杏花春雨之堂。修廊之外，水中亂石漂泊，爲浮梅嶼。是嶼丹崖青壁，眠沙卧水，宛然小矚。廊下開門爲水馬頭，額曰『緑楊灣』。門外春禊亭在水中，有小橋與浮梅嶼通。門内建廳事，懸御扁『怡性堂』三字。棟宇軒豁，金鋪玉鎖，前厂後蔭。右靠山用文楠雕密箐，上築仙樓，陳設木榻，刻香檀爲飛簾、花檻、瓦木階砌之類。左靠山仿效西洋人製法，前設欄楯，構深屋，望之如數什百千層，一旋一折，目炫足懼，惟聞鐘聲，令人依聲而轉。蓋室之中設自鳴鐘，屋一折則鐘一鳴，關捩與折相應。外畫山河海嶼，海洋道路。對面設影燈，用玻璃鏡取屋内所畫影，上開天窗盈尺，令天光雲影相摩蕩，兼以日月之光射之，晶耀絶倫。更點宣石如車箱側立，由是左旋，入小廊，至翠玲瓏館，小池規月，矮竹引風。屋内結花籬，悉用贛州灘河小石子甃地，作連環方勝式。旁設書櫝，計四，旁開櫝門，至蓬壺影。是地亦名西齋，本唐氏西莊之基，後歸土人種菊，謂之唐村。村乃保障舊埂，俗曰『唐家湖』。江氏買唐村，掘地得宣石數萬，石蓋古西村假山之埋没土中者。江氏因堆成小山，構室於上，額曰『水佩風裳』。是石爲石工仇好石所作。好石年二十有一，因點是石，得痨瘵而死。

怡性堂後竹柏叢生。取小徑入圓門，門内危樓切雲，名曰『江山四望樓』。涵虚閣在江山四望樓之左，凡四間，後窗在緑楊灣之小廊内，游人多憩息於此。天光雲影樓在江山四望樓之尾，曲尺相接，樓下不相通，而樓上相通。秋暉書屋在天光雲影樓左一層，爲江山四望樓後第一層，制如卧室，游人多憩息於此。江園最勝在怡性堂後，曩嘗作游記一首，因附録之。記云：

辛卯七月朔，越六日乙巳，客有邀余湖上者。酒一瓮、米五斗、鐺三足、燈二十有六掛、棋一局、洞簫一品。篙二手，客與舟子二十有二人，共一舟，放乎中流。有倚檻而坐者，有俯視流水者，有茗戰者，有對弈者，有從旁而諦視者，有憐其技之不工而爲之指畫者，有捻鬚而浩嘆者，有訟成敗於局外者。於是一局甫終，一局又起，顛倒得失，轉相戰鬥。有脱足者，有歌者、和者，有顧盼指點者，有隔座目語者，有隔舟相呼應者，縱横位次，席不暇暖。

是時，舟入緑楊灣，行且住，捨而具食。食訖，客病其囂，戒弈，亦不游，共坐涵虚閣各言故事。人心方静，詞鋒頓起，舉唐、宋小説志異諸書，盡入麈下。自龐眉秃髮以至白晰年少，人如其言而言如其事。又有寓意於神仙鬼怪之説，至於無可考證，耀采繽紛。或指其地神其説曰：『某時某事，吾先人之所聞也，某鄉某井，吾童子時所親見也。』纂組異聞，網羅軼事，猥瑣贅餘，絲紛櫛比，一經奇見而色飛，偶爾艷聆而絶倒。乃瑣至歈曲諧謔，釋梵巫咒，儺逐伶倡，如擎至寶，如讀異書，不覺永日易盡。

是時，夕陽晚紅，煙出景暮，遂飲閣中。酒三巡，或拇戰，或獨酌，或歌，或飲，聽客之所爲。酒酣耳熱，簫聲於於，摇艇入煙波中。兩岸秋花，哀紅自矜。暮雲斷處，銀河水淺，牽牛相與。芳草爲螢，的歷照人；哀蟬戀樹，咽夜互鳴。新月無力，易於沉水；夜静山空，扁舟容與。燈火燦爛，菱蔓不定；竹喧鳥散，曙色欲明。寺鐘初動，舟中人皆有離别可憐之色。今夕何夕？蓋古之所謂七夕也。歸舟共卧於天光雲影樓下。

七夕既盡，八日復同登天光雲影樓，不洗盥，不飲食，不笑語；仰首者輒負手，巡檐者半摇步，倚欄者皆支頤，注目者必息氣，欠伸者餘睡情，箕踞者多睥睨，各有瀟灑出塵之想。

涵虚閣外構小亭，置四屏風，嵌『荷浦薰風』四字。過此即珊瑚林、桃花館。對岸即來薰堂、海雲龕，而春波橋跨園中内夾河。橋西爲『荷浦薰風』，橋東爲『香海慈雲』。是地前湖後浦，湖種紅荷花，植木爲標以護之；浦種白荷花，築土爲堤以護之。堤上開小口，使浦水與湖水通。上立枋楔，左右四柱，中實『香海慈雲』之額，爲尹相國繼善所書。

來薰堂在春波橋東，前湖後浦，左爲榮，右靠山。入浣香樓。

涵虚閣之北，樹木幽邃，聲如清瑟涼琴。半山槲葉當窗檻間，碎影動摇，斜暉静照，野色連山，古木色變，春初時青，未幾白，白者蒼，緑者碧，碧者黄，黄變赤，赤變紫，皆異艷奇采，不可殫記。顔其室曰『珊瑚林』。由珊瑚林之末，疏桐高柳間，得曲尺房櫳，名曰『桃花池館』。北郊上桃花，以此爲最，花在後山，故游人不多見。每逢山溪水發，急趨保障湖，一片紅霞，汩没波際，如掛帆分波，爲湖上流水桃花一勝也。

趣園

是園接江園環翠樓，入錦鏡閣，飛檐重屋，架夾河中。閣西爲竹間水際，下閣東爲回環林翠，其中有小山逶迤，築叢桂亭；下爲四照軒，上爲金粟庵。入漣漪閣，循小廊出爲澄碧堂。左築高樓，下開曲室，暗通光霽堂。堂右爲面水層軒，軒後爲歌臺。軒旁築曲室，爲雲錦淙，出爲河邊方塘，上賜名『半畝塘』，由竹中通樓下大門。

四橋煙雨，園之總名也。四橋，虹橋、長春橋、春波橋、蓮花橋也。虹橋、長春、春波三橋，皆如常制。蓮花橋上建五亭，下支四翼，每翼三門，合正門爲十五門。

錦鏡閣三間，跨園中夾河。三間之中一間置床四，其左一間置床三，又以左一間之下間置床三。樓梯即在左下一間下邊床側，由床入梯上閣，右亦如之。惟中一間通水，其制仿《工程則例·暖閣》做法，其妙在中一間通水也。閣之東岸上有圓門，顔曰『回環林翠』。中有小屋三楹，爲園丁侯氏所居。屋外松楸蒼鬱，秋菊成畦，畦外種葵，編爲疏籬。籬外一方野水，名侯家塘。閣之西一間，開靠山門。閣門外嶼上構黃屋三楹，供奉御賜扁『趣園』石刻。亭旁竹木蒙翳，怪石蹲踞。接水之末，增土爲嶺，嶺腹構小屋三椽，顔曰『竹間水際』。閣之東一間開靠山門，與西一間相對。門内種桂樹，構『工』字廳，名『四照軒』。軒前有叢桂亭，後嵌黃石壁。右由曲廊入方屋，額曰『金粟庵』，爲朱老匏書。

漣漪閣在金粟庵北，閣外石路漸低，小欄款款，絶無梯級之苦，此欄名『桃花浪』，亦名『浪裏梅』。石路皆冰裂紋，堤岸上古樹森如人立，樹間構廊，春時沈錢謝絮，塵積茵覆，不事箕帚，隨風而去。由是入面水層軒，軒居湖南，地與階平，階與水平。水局清曠，闊人襟懷。歸舟争渡，小憩故溪，紅燈照人，青衣行酒，琵琶碎雨，雜於櫓聲，連情發藻，促膝飛觴，亦湖中大聚會處也。漣漪閣之北，廳事二，一曰『澄碧』，一曰『光霽』。平地用閣樓之制，由閣尾下靠山房一直十六間，左右皆用窗櫺，下用文磚亞次。閣尾三級，下第一層三間，中設疏寮隔間，由兩邊門出，第二層三間，中設方門出，第三層五間，爲澄碧堂。由澄碧出，第四層五間，爲光霽堂。堂面西，堂下爲水馬頭，與『梅嶺春深』之水馬頭相對。光霽堂後，曲折逶迤，方池數丈，廊舍或仄或寬，或整或散，或斜或直，或斷或連，詭制奇麗。樹石皆數百年物，池中苔衣，厚至二三尺，牡丹本大如桐，額曰『雲錦淙』。過雲錦淙，壁立千仞，廊舍斷絶，有角門可側身入，潛通小圃。圃中多碧梧高柳，小屋三四楹。又西小室側轉，一室置兩屏風，屏上嵌塔石。塔石者，石上有紋如塔，以手摸之，平如鏡面。從屏風後，出河邊方塘，小亭供奉御匾『半畝塘』石刻。

水雲勝概在長春橋西岸，亦名黃園。黃園自錦鏡閣起，至小南屏止，中界長春橋，遂分二段，橋東爲『四橋煙雨』，橋西爲『水雲勝概』。『水雲勝概』園門在橋西，門内爲吟香草堂，堂後爲隨喜庵。庵左臨水，結屋三楹，爲『坐觀垂釣』，接水屋十楹，爲春水廊。廊角沿土阜，從竹間至勝概樓，林亭至此，渡口初分，爲小南屏。旁築雲山韶濩之臺，黃園於是始竟。春水廊，水局極寬處也。波光滑笏，有一碧千頃之勢。臨水甃岸，構矮屋名『春水廊』，衆流匯合，皆如褰裳曬就於廊中者。勝概樓在蓮花橋西偏，樓前面湖空闊，樓後苦竹參天，沿堤豐草匝地，對岸樹木如昏壁畫。登樓四望，天水無際，五橋峙中，諸橋羅列，景物之勝，俱在目前。

篠園

篠園本小園，在廿四橋旁，康熙間土人種芍藥處也。園方四十畝，中墾十餘畝爲芍田，有草亭，花時賣茶爲生計。田後栽梅樹八九畝，其間煙樹迷離，襟帶保障湖，北挹蜀岡三峰，東接寶祐城，南望紅橋。

康熙丙申，翰林程夢星告歸，購爲家園。於園外臨湖濬芹田十數畝，盡植荷花，架水榭其上。隔岸鄰田效之，亦植荷以相映。中築廳事，取謝康樂『中爲天地物，今成鄙夫有』句，名『今有堂』，種梅百本，構亭其中。取謝疊山『幾生修得到梅花』句，名『修到亭』。鑿池半規如初月，植芙蓉，畜水鳥，跨以略彴，激湖水灌之，四時不竭，名『初月沜』。今有堂南築土爲坡，亂石間之，高出樹杪，躡小橋而昇，名『南坡』。於竹中建閣，可眺可咏，名『來雨閣』。又築平軒，取劉靈預《答竟陵王書》『暢餘陰於山澤』語，名『暢餘軒』。堂之北偏，雜植花藥，繚以周垣，上覆古松數十株，名『館松庵』。芍山旁築紅藥欄，欄外一籬界之，外壁湖田百頃，遍植芙渠。朱華碧葉，水天相映，名曰『藕糜』。軒旁桂三十株，名曰『桂坪』。是時紅橋至保障湖，緑楊兩岸，芙渠十里。久之湖泥淤澱，荷田漸變而種芹。迨雍正壬子濬市河，翰林倡衆捐金，益濬保障湖以爲市河之蓄洩，又種桃插柳於兩堤之上。會構是園，更增藕塘蓮界，於是昔之大小畫舫至法海寺而止者，今則可以抵是園而止矣。是園向有竹畦，久而枯死，馬秋玉以竹贈之，方士庶爲繪《贈竹圖》，因以『篠』名園。庚申冬，復於溪邊構小亭，澄潭修鱗，可以垂釣，蓮房芡實，可以樂饑。仿宋葉主簿杞栩漪南别墅之名，名之曰『小漪南』。

乾隆乙亥，園就圮，值盧雅雨轉運兩淮，與午橋爲同年友，葺而治之。以春雨閣祀宋歐陽文忠公、蘇文忠公、國朝王文簡公。以小漪南水亭改名『蘇亭』，以今有堂改名『舊雨亭』。時枝上村、彈指閣改入官園，因於堂後仿彈指閣式建樓，名曰『仰止樓』。復於藥欄中構小室十數間，招僧竹堂居之，以守三賢香火。其下增小亭，顔曰『瑞芍』。逾年，午橋卒，轉運僦園貲贍其後人。

作者簡介：李斗（一七四九—一八一七），字北有，號艾塘，一作艾堂，江蘇儀徵人。諸生。著有《揚州畫舫録》、《永報堂詩》等。

榆園

榆園在揚州徐凝門對河，《廣陵思古編》的編者汪廷儒生於清嘉慶九年（一八〇四），其幼時曾耳聞榆園其名，至其十餘歲時，是園已廢爲園田。

榆園記

唐桂

山林臺榭，足以悦人耳目。人情之所共好，特爲習俗所染，其精神另有所屬，遂覺無暇及此，往往以名勝之地，視爲隱逸之所，而吾獨於某某吴君，見其所置榆園，而嘆其人之不可及也。

園在郡城之東，去城十餘里，其地幽而静，亭池花木，無異人處，而天然風景入其中者，如忘其身之在塵埃間也。吴君構此園，命名曰『榆』。榆之爲物，材大而耐久，未嘗與他木争能，有抱其質而終身者，吴君奚取乎！夫君子之處世，非爲一身計，力有所不能，則伏處皆屬無可如何，苟有所長，雖一技一藝，且躍躍欲試其牛刀，故抱關擊柝之中，賢人寄跡。予與吴君不數數見而察其才，觀其志，殆不屑屑於功名者，善藏其用，不事躊躇。予齒長於吴君而奔走四方，迄無定處，以視吴君之優游鄉井，何勞逸安勉之殊耶！故於一園之微，諄諄致意，而人之欲識吾吴君者，觀於斯可想見也。是爲記。

（録自《廣陵思古編》卷六）

作者簡介：唐桂，字蟾枝，清江都人。著有《繼志録》。

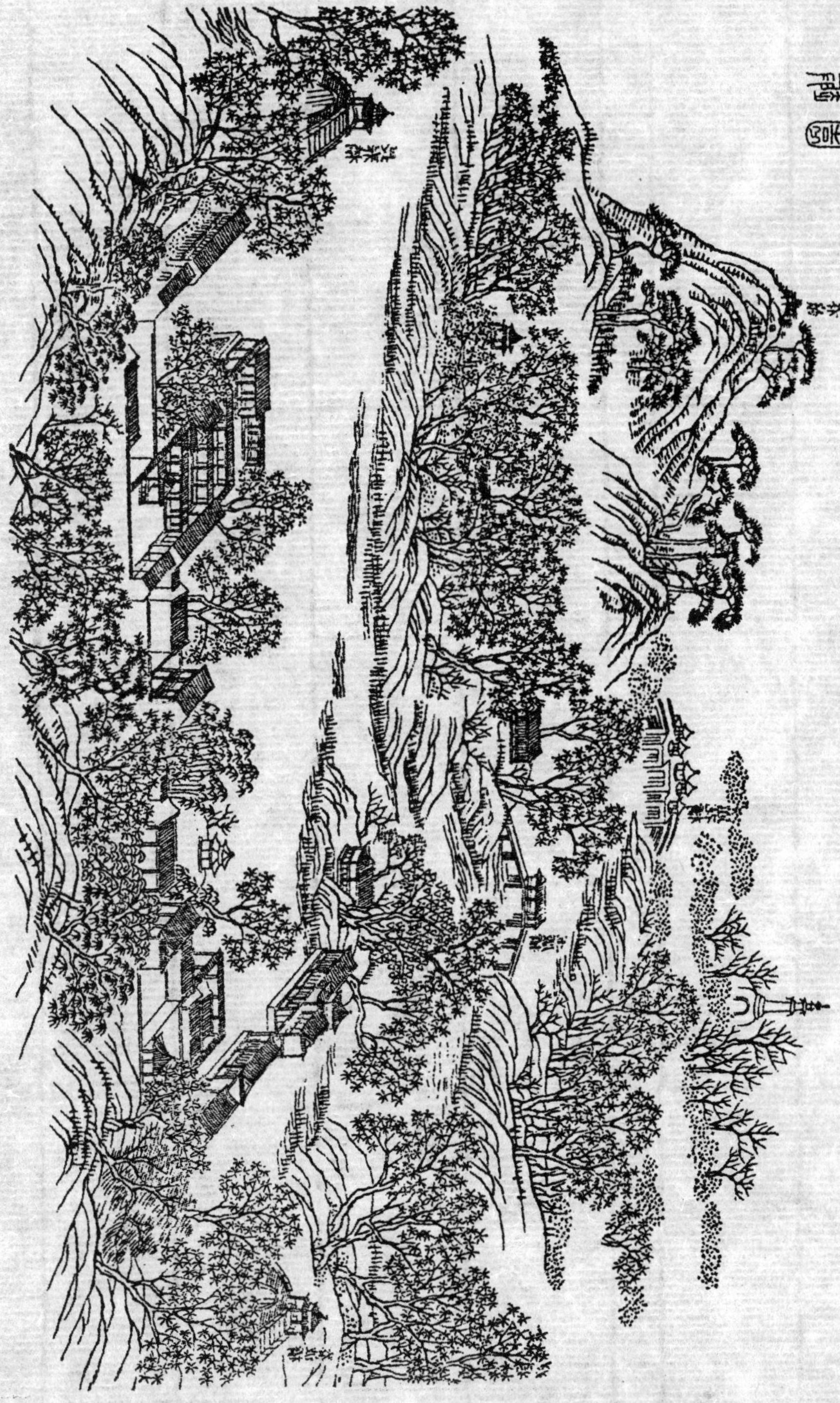

慈園　慈園爲清咸豐舉人李肇墉與其弟李肇增奉母而築，面郭枕湖，頗饒勝致。據其《園記》所載，園址當在大虹橋之南，今揚大農學院與文學院（原師範學院）之間，其成毁皆在清咸豐初年。

慈園感舊圖記

李肇增

園以慈名，何也？以奉吾母游娱其中，故以名慈也。園在揚州西城外，夾河而居，與市不甚遠，而地則偏也。其東面城，西南原野綉錯，稍坡陁者埽垢山也。北有亭亭然，曰『虹橋』。橋以外水波渺彌，兩堤碧柳際天，世所稱瘦西湖也。溯湖而上，有桃花庵、小金山諸勝，而平山堂最名，堂上俯視，隔江山離離矗矗，蒼翠明滅，是歐蘇二公風流寄詠者也。稍折而西，爲蓮性寺，白塔支雲，與西湖雷峰、保俶争秀，亦映帶之勝概也。園雖濱湖，曲折而上，房榭與樓齊，故西北諸勝，雖遠距十數里，目睫可接。雪山月湖尤勝，春秋佳日，游舫往來，不出户庭，可坐而觀也。地不逾數畝，有梅、桃、竹、桂諸植，而兩銀杏，高百尺，廣及十圍，交柯上蟠，如障如蓋，湖上人望之，知爲李氏園也。

初，吾母聞園之美，意甚羡之，吾先兄承志購於陶氏，咸豐紀元秋，奉母居焉。花時月夕奉觴稱壽，吾母以爲樂，吾兄息静好道，日徜徉其中，或良友造門，折花吟弄，酒酣泛月以

去，不知城頭之鼓沉沉也。如是者二年，及癸丑春，粤匪陷揚州，吾家先徙避，幸免於難，而園則旋毁，自是南北播遷，靡有定居，吾母與兄，每欷歔遭亂，不惜其他，而深太息於斯園之毁，不克樂以終也。

嗟乎！吾揚無佳山水，而園亭甲於天下，故翠華屢幸，光被草木，至嘉道間漸衰廢矣！及遭亂摧燒踐躪，悉夷爲墟，無復有一椽存者，而是園以地勝，廣僅數畝，無雕鏤崇飾之觀，以視他名園，雖毁，何輕重之有！然而吾母樂焉！吾先兄以之承母志焉！及園毁而吾母悲焉！吾先兄亦時相感嘆，以終不克樂志爲憾焉！則是園也，繫吾母與兄欣戚甚至，又奚爲無足重輕哉！

嗟乎！吾兄亡矣！吾母日益衰白，汲然有歸志，而吾且薄宦未遂，即歸亦無家，重念昔之林亭暢勝，游處承歡，弟兄怡怡，渺不可復得，斯亦可爲太息已！昔庾信傷亂不歸，賦小園以寄鄉關之思，況余重有慨焉！因屬汪君牧雲寫圖以寓感云。

（録自《琴語堂雜體文續》）

作者簡介：李肇增（一八二三—一八七七），字冰叔，清甘泉（今揚州）人，諸生。嘗官新昌、昌化知縣、玉環同知。著有《琴語堂文集》、《琴語堂雜體文續》等。

棣園 棣園在揚州南河下湖南會館內，梁章鉅《浪跡叢談》卷二《棣園》條寫道：『揚城中園林之美甲於南中，近多蕪廢，惟南河下包氏棣園最爲完好。園初屬陳氏，號「小方壺」。繼歸黄中翰，爲「駐春園」。最後歸洪鈐庵殿撰，名「小盤洲」。今屬包氏，改稱「棣園」，與余所居支氏宅，僅一墻之隔。園主人包松溪運同，風雅宜人，見余如同舊相識，屢招余飲園中。』梁章鉅還寫有《題包松溪棣園圖》詩，其中四句云：『二分明月此一角，南河名勝畫舫拓』、『名園果冠緑楊郭，何必緇塵溷京洛』。門額『棣園』二字石刻，爲阮元書，『棣園全圖』四字爲梁章鉅題。

棣園十六景圖自記

包良訓

園自國初程漢瞻始築，號『小方壺』，載《畫舫録》，繼歸黄觀祈中翰，爲『駐春園』，後歸洪鈐庵殿撰，名『小盤洲』，又轉入某家。未幾，復不能有。以道光甲辰歲，求售於余，自審不足繼諸名公後，爲此園主。顧念太夫人春秋高，舊居湫隘，晨夕無以爲娱，又園之前有屋數十楹，余先購以爲宅，喜園之適與宅鄰，可合而一也，因遂購之。於是，花晨月夕，奉板輿，列長筵，庶有以承一日之歡也。

夫邗上之名園，近代若大小洪園、江之康山、馬之小玲瓏，盛衰興廢，可慨良多。而復不自量，以汲汲營此園耶，曰：凡夫人之境皆適有之，既適有之，則相與樂之。矧我太夫人春秋日高，而氣體和順，精神茂悦，扶花拂柳，聽鳥觀魚，挈婦弄孫，婆娑以嬉。此園亦有爲功者，復進小子而命之曰：以汝早孤，鮮兄弟，弗竟於學，然媕陋弗可爲也。我聞昔之稱賢母者，皆教子以延接魁碩英俊以廣學識而成德業。今幸有此園，堂可以筵，室可以館，齋可以誦，臺可以望，池沼亭榭可以陟而游。有其地矣，當思所以無負此居諸爲也。小子於是退而益求交於四方之賢士大夫而懼其鄙棄也。將之以誠，申之以敬，奉老成以典型，冀良朋之磨琢，竊以爲文字者性命之契，詩歌者諷咏所資。於是以園奉諸君子游，藉游以求諸君子之詩若文，既獲諸君子之詩若文，諸君子不常萃此園，或不必身至園，而如常身在此園，小子得朝夕從游，洗蒙昧而滌靈明也，則太夫人之所以教小子者，此園之爲功也益大，既已功之，益思有以傳之。於是有圖之作，先爲長卷，合寫全園之景，有詩有文。而客子游我園者，以爲圖之景合之誠爲大觀，而畫者與題者以園之廣，堂榭亭臺池沼之稠錯，花卉魚鳥之點綴，或未能盡離合之美，窮纖屑之工也。於是，相與循陟高下，俯仰陰陽，十步换影，四時異候，更析爲分景之圖十有六。幸諸君不鄙棄，得以交日廣揚，又爲四方賢士大夫游覽必至之地，咸許過我園觀我圖，而錫我以詩若文。是二册復裒然成帙，蓋溯作圖之日，於兹又三年矣。今年異常，水潦灌浸，前門及礎一尺，園顧高皆由以出入。潦退霜高，木亦黃落，秋氣感人，重覽是册，深念有此園之不易，即爲此圖以有此詩若文，固皆賴太夫人之教，得以不鄙棄於君子，夙興夜寐，無忝爾所生。『循彼南陔，言采其蘭』，於是更頌《詩》而俯仰增惕也，是爲記。

道光歲在乙酉重陽後三日棣園主人包良訓撰。

（録自朱江《揚州園林品賞録》）

作者簡介：包良訓，字松溪，號棣園主人，江蘇丹徒（今鎮江）人，寓揚州。清嘉、道間兩淮鹽商。

棣園十六景圖自記
園自　國初程漢瞻始築號小方壺載畫舫録繼歸黄觀旃
中翰爲駐春園後歸洪鈴菴殿撰名小盤洲又轉入吳家未
幾復不能有以道光甲辰歲求售於余自審不足繼諸名公
後爲此園主顧念　太夫人春秋高舊居湫隘晨夕無以爲
娛又園之前有屋數十楹余先購以爲宅喜園之適與宅鄰
可合而一也因遂購之於是花晨月夕奉板輿列長筵庶有
以承一日之歡也夫邗上之名園近代若夫小洪園江之康
山馬之小瓏瓏盛衰興廢可慨良多而復不自量以汲汲營
此園耶曰凡夫人之境皆適有之既適有之則相與樂之矧
我　太夫人春秋日高而氣體和順精神茂悅扶花拂柳聽
鳥觀魚翠孃弄孫婆娑以嬉此園亦有爲功者復進小子而
命之曰以汝早孤鮮兄弟弗克於學然婚陋弗可爲也我聞
昔之稱賢母者皆教子以延接魁碩英俊以廣學識而成德
業今幸有此園堂可以延室可以館齋可以誦臺可以望池
沼亭榭可以陟而游有其地矣當思所以無負此居諸爲也
小子於是退而益求交於四方之賢士大夫而懼其鄙棄也
將之以誠申之以敬奉老成以典型冀良朋之磨琢以爲
文字者性命之契詩歌者諷詠所資於是以圖奉諸君子遊
揖進以求諸君子之詩若文既獲諸君子之詩若文諸君子
不常萃此園或不必身至此園而如常身在此園小子得朝
夕從游洗蒙昧而滌靈明也則　太夫人之所以教小子者
此園之爲功也蓋大既已功之益思有以待之於是有圖之
作先爲長卷合寫全園之景有詩有文而容之於我園者以
爲園之景合之誠爲大觀而畫者與題者以園之廣堂榭亭
臺池沼之稠錯花卉魚鳥之點綴或未能盡離合之美窮纖
屑之工也於是相與循陟高下俯俛陰陽十步換影四時異
候更析爲分景之圖十有六幸諸君不鄙棄得以交口廣揚
又爲四方賢士大夫遊覽必至之地咸許過我園觀我園而
錫我以詩若文是二册復裒然成帙蓋溯作圖之日於茲又
三年矣今年異常水潦灌浸前門及礎一尺園顧高皆由以
出入潦退霜高木亦黃落秋氣感人重覽是册深念有此園
之不易即爲此圖以有此詩若文固皆賴　太夫人之教得
以不鄙棄於君子夙興夜寐無忝爾所生循彼南陔言采其
蘭於是更頌詩而俯仰增惕也是爲記
道光歲在乙酉重陽後三日　棣園主人包良訓譔

徐園 徐園在瘦西湖長堤春柳堤北端，其地清初爲韓園桃花塢故址，地方士紳爲紀念徐寶山，於民國四年（一九一五）始建，六年落成。大門南向，門額『徐園』二字爲吉亮工書。園内有『聽鸝館』，西側有『春草池塘吟榭』、『冶春後社』故址，東側臨水處有兩層四角碑亭，『碑記』爲冶春後社詩人吴恩棠撰，汪桂林書，雄州達荃公甫鎸。

徐寶山（一八六二—一九一三），字懷禮，丹徒（今鎮江）人，辛亥革命時，曾任揚州軍政分府軍政長，後任南京臨時政府陸軍第二軍軍長，因投靠袁世凱被革命黨人設計炸死。

徐園碑記

吴恩棠

揚州名勝，城西北稱最。按《畫舫録》，虹橋迤北，舊爲『長堤春柳』。堤上有韓醉白園韓園，比鄰則桃花塢。鄭氏於桃花叢中構園，門在河曲處。滄桑以後，風流歇絶，詩壇酒社，倏焉蔓草。吾儕好事，憑吊煙水，瓣香冶春。春秋佳日，集飲村舍，買魚燒笋，觴咏竟夕。我生也晚，流連圖志，某丘某壑，尚能摭拾舊聞，粗述大概。後起髦俊，鮮有知其舊名者。地運盛衰，理有固然，無足深怪。至於亭沼爵位，林木名節，丹青照人，湖山有光，地靈人傑，亦自有説。

吾揚自洪揚亂後，休養生息，將數十載，風尚文靡，民不知兵。宣統辛亥，武漢義師，響應全國。九月十七日，突有孫天生者挾駐揚定字營變兵掠運庫，縱獄囚，居民大恐，不知所措，亟電京口，乞援於徐公懷禮。十八日，徐公來，被擁爲軍政分府，旋下令捕劫庫匪，生擒孫天生，亂遂定。江淮草木，知名嚮風，馬首既東，所至歡躍。時蘇浙諸軍會攻金陵，公謀奪浦口，斷金陵之後。私計浦口有失，必擾天六，天六不保，行禍吾揚。乃星夜往攻浦口，親冒矢石，督戰甚力。金陵克復，聯軍擁公爲江北北伐總司令。旋南北統一，共和告成，以公統第二軍，嗣以餉絀，改編成一師兼護軍一營。講武餘暇，審定金石，鑒別精微，室中圖書彝鼎，古香溢座，彬彬有儒將風。

顧韓范威重，憚極生忌，彭歆功高，禍來無端。民國二年春，南北風潮激烈，奸謀譎詭，殺機潛伏，大星殞地，乃驚一軍。吁！可哀已。

溯義旗初起，奸人乘機煽亂，東南半壁，糜爛相尋，吾揚當孫匪之擾，大局危如纍卵。其從容坐鎮，使吾揚人生命財産得無毫末之損者，誰之賜與？盛德大業允宜不朽。張君錦湖、方君維新、楊君少彭、馬君伯良，皆公舊部，累功至中將，思所以報公，擬於揚州謀建祠園以爲紀念。首先集銀幣三千元，合詞籲前都督張公轉請中央補助，前大總統袁公許之，給帑萬元，俾資建築，典至隆也。方君澤山、許君雲浦、金君樹滋、楊君丙炎，曩以殫力籌餉，有功徐軍，商請擔任監造，而以吳君次皋總其成焉。

吳君於徐公，以平原故人作將軍揖客。公長第二軍時，官高等顧問，軍事多所贊畫。以爲今茲建築，首重擇地。錦官翠柏，依丞相祠而永春；岳廟靈旗，並西子湖而千古。幾經相度，而始於小金山之對岸，得地九畝餘，在舊日韓園、桃花塢之間。其河曲處有村曰『鍾莊』。養魚種竹，食息於茲，以長養其子女者有年矣。稱其屋之直使遷之，而此九畝餘之曠土，遂一空其障礙。鳩工庀材，繚以周垣，面東則朱門臨水，門內南嚮建享堂三楹，中設上將徐公位，附祀攻寧死難諸將士。面南有門爲圓形，榜曰『徐園』。西北建廳事二，回廊蜿蜒，銜接一氣，有花木、竹石、池沼之勝。

當其締造伊始，工拙而惰，縻金曠時，經營及半，款絀不繼。匠石輟斤，將虧一簣。公夫人孫閬仙女士聞而歎曰：『今日之事，凡我夫子袍澤同儔，車笠舊交，莫不崇德報功，輸金負土。其家之人第坐觀厥成而已，在天之靈，其能無怨恫乎？』乃易簪珥，得二千元爲助。復由吳、方、許諸君丐於淮鹺各商，又共得萬餘元。楊君丙炎，躬任其勞，親爲監督，以周甲老翁，日徒步往來工次，侵晨而出，戴星月而返，一花一石，位置不稱意，往往畫船簫鼓絡繹歸去，猶見翁指揮夕陽人影間。如是者閱一寒暑，暇乃拾其所遺木頭竹屑，爲製園中陳設器略備，不足，又取諸其家所有者以益之。沿岸築高堤，種桃柳殆遍，湖橋煙雨，長堤柳色，頓復舊觀，邦人游宴，咸集於是。

是役也，經始於乙卯，落成於丁巳，計費銀元三萬有奇，碑亭翼然。執事者將刊石以垂久遠，余爲之記其始末並詳考地址以告來者，度亦好古之士所樂聞與。

（録自瘦西湖徐園碑刻）

作者簡介：吳恩棠（一八六四—一九二六），字召封，號還翁。籍儀徵，居揚州。諸生。年逾四十，以例貢太學。揚州治春後社詩人。著有《還翁遺詩》。

真州東園

真州東園在今儀徵東門五一村文墩一帶，始建於北宋皇祐初年。宣祐三年（一〇五一）八月，時任侍御史的許元（字子春）携東園圖走京師，請歐陽修作記。歐陽修據其圖意遂作《真州東園記》，蔡襄樹碑勒石，人稱園、記、書爲『三絶』。靖康間毁於兵火，紹興末曾修復，後又毁於兵火。

真州東園記

歐陽修

真爲州，當東南之水會，故爲江淮、兩浙、荆湖發運使之治所。龍圖閣直學士施君正臣、侍御史許君子春之爲使也，得監察御史里行馬君仲塗爲其判官，三人者樂其相得之歡，而因其暇日，得州之監軍廢營以作東園，而日往游焉。

歲秋八月，子春以其職事走京師，圖其所謂東園者來以示予，曰：園之廣百畝，而流水横其前，清池浸其右，高臺起其北。臺，吾望以拂雲之亭；池，吾俯以澄虚之閣；水，吾泛以畫舫之舟；敞其中以爲清宴之堂，辟其後以爲射賓之圃。芙蓉芰荷之的歷，幽蘭白芷之芬芳，與夫佳花美木，列植而交陰，此前日之蒼煙白露而荆棘也。高甍巨桷，水光日影，動摇而上下，其寬閒深靚，可以答遠響而生清風，此前日之頹垣斷塹而荒墟也。嘉時令節，州人士女，嘯歌而管絃，此前日之晦冥風雨鼪鼯鳥獸之嘷音也。吾於是信有力焉。凡圖之所載，皆其一二之略也。若乃昇於高以望江山之遠近，嬉於水而以逐魚鳥之浮沉，其物象意趣，登臨之樂，覽者各自得焉。凡工之所不能畫者，吾亦不能言也，其爲吾書其大概焉！又曰：真，天下之衝也，四方之賓客往來者，吾與之共樂於此，豈獨私吾三人者哉。然而池臺日益以新，草樹日益以茂，四方之士，無日而不來。而吾三人者，有時而皆去也，豈不眷眷於是哉！不爲之記，則後孰知其自吾三人者始也？

予以謂三君子之材賢足以相濟，而又協於其職，知所後先，使上下給足，而東南六路之人，無辛苦愁怨之聲。然後休其餘閑，又與四方之賢士大夫共樂於此。是皆可嘉也，乃爲之書。

（録自《歐陽修集》卷四十）

作者簡介：歐陽修（一〇〇七—一〇七二），字永叔，自號醉翁，晚號六一居士，江西廬陵人。天聖八年（一〇三〇）進士，官至參知政事。謚文忠。著有《歐陽修集》。

真州東園記

汪文萊

昔宋施正臣、許子春、馬仲塗同時宦真州，作東園，請歐陽永叔爲文記之。吴氏家真州，有慕於是，適城東得隙地，因開池壘山，蒔卉植木，創爲園，約略仿永叔記中所載，名『真州東園』。四方游人至此，求永叔之東園不可得，得吳氏園，恍然如見永叔之東園也。

時春日甫晴，梨桃初放，余與費子滋衡、蔡子洱習游焉。入園見方池，廣畝許，種芙蓉，週四匝中，涵虛而外，明映一方也。折而入，則回欄曲徑與竹樹爲參互，有天然相得之趣。登樓而望，見江南山色，如畫如屏，與此園相映帶焉。未知視昔之園，廣百畝，流水橫前，清池浸右，高臺起北，園之大小何如。第當日施、許、馬三君皆宦於此，必政事之暇，始往一游，其得暇豫而樂此亦稀矣。而人士之來游，必與三君素相知識，否則望而不能至，則獲游其園者寡矣。豈如今日陰晴風雨可至，徒步笠屐可入，坐煙月以無窮，領清風而不盡哉！

（録自嘉慶《揚州府志》卷三十二）

作者簡介：汪文萊，清人，生平不詳。

于園

于園本名且園，在瓜洲北門，園主姓于，亦稱于園。明崇禎十四年（一六四一）正月，冒襄往南嶽省親，因風雪阻滯瓜洲，曾游是園，謂是園『地連平野，環碧水而帶屋山』，園中有『青山閣』，當時『梅萼初吐，積雪盈尺』。王士禎曾游于園，寫有《瓜洲于園二首》，其一云：『于家園子俯江濱，巧石迴廊結構新。竹木已殘魚鳥盡，一池春水緑憐人。』

于園

張岱

于園在瓜洲步五里鋪，富人于五所園也。非顯者刺，則門鑰不得入。葆生叔同知瓜洲，携余往，主人處處款之。園中無他奇，奇在磥石。前堂石坡高二丈，上植果子松數棵，緣坡植牡丹、芍藥，人不得上，以實奇。後廳臨大池，池中奇峰絶壑，陡上陡下，人走池底，仰視蓮花，反在天上，以空奇。臥房檻外，一壑旋下，如螺螄纏，以幽陰深邃奇。再後一水閣，長如艇子，跨小河，四圍灌木蒙叢，禽鳥啾唧，如深山茂林，坐其中頹然碧窈。瓜洲諸園亭，俱以假山顯，胎於石，娠於磥石之手，男女於琢磨搜剔之主人。至于園可無憾矣。

（録自《陶庵夢憶》）

作者簡介：張岱（一五九七—一六八四），號陶庵，浙江山陰（今紹興）人。著有《陶庵夢憶》等。

麗芳園在儀徵，南宋咸淳中真州知州孫虎臣重建，咸淳三年（一二六七）仲夏，孫虎臣爲之記。今已不存。

麗芳園記

孫虎臣

儀真，江淮要區，多園、池、亭、榭之勝。余未弱冠嘗經游，樂其風土，爲之留連。粤從王事逾二十載，蒙恩來戍，山川城郭，歷歷舊觀，故老有識余少時者，迎笑樂道而歌鼓熙熙，不減疇昔。

偶乘公餘，訪所謂麗芳園者，濱湖一景，水繞煙閑，浮屠祠廬，金碧參差，橋堤起伏，互相映帶，實尤一郡之勝。

顧其亭圮陋，弗與景稱，乃撤而新之。翹棟疏櫺，欄檻通爽。於是，旁睨極眺，心目俱清，當其永晝徜徉，一塵不到。荷秀於前，鷗狎於外，送夕陽，溯明月，此景之宜於晴者也；而或雨至天暝，樓閣空蒙，樹色濃淡，此又宜於陰者也。及夫雨收雲斂，天定永明，則有不可以形容者，乃匾之曰『湖光』；不即舊址結數椽，雜植群卉修竹，匾以『麗芳』，因園名也。

二亭既就，每與客來游，把酒賦詩，必竟日而去。客有言曰：『醉翁之醉與滁人同，喜雨之喜與扶風人同，今公政簡而民安，故得以樂其樂也。不然，即欲悦目於此，寧不使花竹厚顔，魚鳥獻嘲耶！』余嘉其語，遂書以爲記。咸淳丁卯仲夏記。

（録自嘉慶《揚州府志》卷三十二）

作者簡介：孫虎臣，譙郡人。宋咸淳二年（一一七五）知真州。屢敗元兵。德祐初守泰州，援軍不至，城陷自殺。

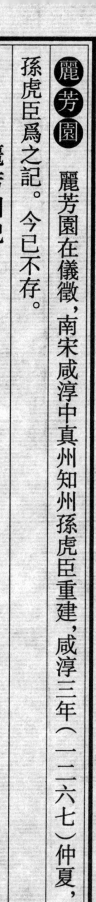

樸園

樸園在儀徵東北鄉，距城三十里，無舟楫可通，全賴陸行。園主巴光誥，字北野，號樸園，以資捐納道員。世業鹺，凡地方公益事有關鹺務勸捐者，皆爲之倡首，嘗延四方名士客其家，敬禮弗衰。今園已不存。

樸園記

沈恩培

巴樸園宿崖昆季先生之望重江淮久矣，培館其家十年，心相契也。近築亭林於歐阡之旁，既落成，樸翁自爲之記，而讓齋鮑君跋之，以爲水山土木之華，一歸於樸實，梅花溪居士遂以樸翁之號署其園，此名所由昉也。

培以己卯之春，流連信宿，得其大概，歸而筆之以志勝游。園之廳事曰『彝福堂』，環堂之前後左右皆山。園之門在其右，門外有『秋馥山房』。由此以入門，歷軒、齋、亭、榭、樓、閣、池、館，凡二十餘處，皆以長廊通之。第其境迂曲，或旁巖，或倚樹，或映竹，或臨水，高低旋折，有不可直遂者。循廊之東南隅，凌波結一楹，榜曰『水木清華之閣』。閣之左有軒，曰『秋水讀書軒』。其樓曰『得月樓』。亞檻倚檐，白石嶙峋，牡丹百數十本，高下邐迤，署曰『留仙小館』，蓋本韓湘子詩有『人能學我，同共看仙葩』意也。『秋水讀書軒』之左，通一徑，結屋水竹間，曰『函碧齋』。又轉而東，一楹一曲，虛白忽生，遠望梅林，近攬蓮塘，竹外桃花，水邊垂柳，五光十色，掩映於蜃窗粉壁間，曰『留雲榭』。面西三楹，曰『遠香書屋』。其東，曰『修到吟到之館』，則種梅處也。先生雅有愛梅癖，種凡三四百樹，小有羅浮香雪海之勝，故近北一楹，曰『環潔輝映』，循梅林之東南，臨水倚山，種芍藥畝許，四面玲瓏，軒窗瀟灑，曰『小欄花韻午晴初』。兩水縈紆，板橋曲遞，叢竹中敞一軒，編麂眼籬，爲蒔菊計，曰『有真意軒』。轉而向北，則『彝福堂』前山之石屏也。屏之東，有過山亭，曰『可窗』，由亭而登其巔，遠望隔江諸山，縹緲之際，令人神怡心曠。回顧堂後，樓角隱見，而衆峰環擁，疑若無路，尋徑而入，深邃窈窕，曲如旋螺，中有二徑，一達於『小有清虛』，一徑盤紆而上，歷山脊，過石梁，則『織組煙霞閣』屹然立焉。俯視池水，波流瀠洄，與飲淥亭相激射，覺無數峰巒俱在一覽，兼可舒眺曠遠，綿渺之中，平疇緑野，雜以松楸花竹，牧唱樵歌，聲聞相答，洵足樂也。閣與樓通，由閣以登樓，有『轉月廊』，中間別構一室，曰『緑窗人靜』。樓之額曰『鑒心』。其東有月臺，曰『清光大來』。臺下石磴延緣，辟一扉，以達於精舍，曰『隱巖』。樓以下之廳事，曰『鋤經』，鋤經者先生命意之所在也。蓋先生舊籍新安之歙，爲漁梁望族，一經傳德，所以教後人者惟學是亟，故樓後凡精舍數楹，曰『曼陀羅室』，曰『岑華亭』，曰『棣萼相輝之室』，其中有可名有不可名者，皆爲子若侄讀書肄業之所，務欲其幽邃要渺以底於至靜，若誦芬別舍，則又以地與宗祠相接，而欲讀書者之溯厥淵源也。

夫吾之游也，特暮春三月耳，至園中之四時朝暮，風雲月露，以洎花草禽魚，抑實有即時生新，而閑房別館亦復有不能縷述者，則斯文也，寧足以盡其百一哉！

（録自《重修儀徵縣志》卷六）

作者簡介：沈恩培，清代錢塘（今浙江杭州）人。生平不詳。

樸園記

張安保

歲在乙卯，月在季秋，凉信已深，微霜清曉，朋儕忽聚，游興斯發。爰命筍輿，策羸馬，出北郭，遵古逵，旭日新霽，沙路明净，遠看黄葉，密圍數村，遥隔紅塵，已越三十里，乃望樸園而憩焉。

樸園者，巴副使之號，而錢梅溪取以名其園者也。在水一方，拓地數里，傍先人之壟，開讀書之堂。鑿石藏主，爰仿摯虞，種竹成林，以居尊彦。非直怡情山水，結契林原也。遂乃登彝福堂，入鋤經室，玩厥主名，會斯旨趣。雍穆之意溢於檐楹，經籍之腴播爲馥鬱。既而登陟巖巒，遍歷臺榭。重岡疊巘，如行山陰；三沼五亭，皆入圖畫。虚樓延月，飛檐摘星。低則臨水栖楹，高則倚山架屋。八窗洞達，十色陸離，固已神怡目眩焉。則有長江浩浩，一綫濤飛；群山蒼蒼，諸峰拱立。青多未了，碧極成煙。躡樓觀於足根，納雲煙於袖底，浩乎大觀者山亭也。幽徑數折，曲如蟻旋。流水一灣，清見魚躍。盡寸之地，變幻百端。指顧之間，玲瓏萬竅，覺峰巒之回互，極溪壑之幽深。窅乎不可思議者，小有清虚也。登覽既周，虚室小憩，蓋幾於樂而忘返矣。

而吾因想斯園也，春信初轉，群芳未回。蒼松滿山，當風掃翠。老梅千樹，凌寒著花。幽香遠生，一白如雪。開窗縱矚，詩境自成。則修到吟到之館，據其勝焉。幽溪帶引，遠沼鏡開。新蟬抱枝，飲露欲滴。輕魚出水，唼波作聲。紅開菡萏之花，青入葭蒲之葉，則水木清華之閣，覽其全焉。而乃芙蓉岸曲，渚水先秋。木犀香濃，禪心亦永。稻花繞屋，人影在田。進野老以共談，聽村歌之四起。以至閑房別室，皆爲避風之臺；小閣虚窗，可作消寒之飲。不又備時序之勝，極視聽之娱哉。

且夫鶴洲沙渚之歡，竹沼桂棠之賞，縱横粉墨，刻劃林泉。第以申風月之幽懷，導煙霞之逸趣，未必掞張堂構，闡述前型。又或十笏平量，九柯遞建；抗虚構址，挹翠架椽；徙倚雅觀，無關深致。此則以仁先三載之廬，作野王四經之室。楹書可讀，家鉢相沿；苔篆含青，墨池飲緑。玩水木之明瑟，撫花月以流連。豈特滌蕩心源，發抒才藻而已哉！而且春澗蘋花，秋田茇實。陳粢成潔，酌醴告虔。子舍如歸，寢門宛在。頌生民於妣祖，合群從於雲礽，所謂尊祖故敬宗，敬宗故收族者，抑更有進焉者歟。僕愧負買山之錢，遂躬耕之願。道味自腴，有慚學者；清芬可誦，未暢宗風。睹川谷之清娛，探亭林之幽閟，別有會心，藉抒結轖，爰假豪素，以寫幽情。

（録自《重修儀徵縣志》卷六）

作者簡介：張安保（一八一六—一八六四），字懷之，號石樵，江蘇儀徵人。諸生。著有《味真閣集》、《晚翠軒集》等。

意園記

方濬頤

予曩有《夢園歌》，因以夢園自號。人問予夢園何在？曰：『在夢中』。而人遂呼予爲『夢園』，皆知予有夢園。

意園主人爲夢園友，一日屬夢園作《意園記》。夢園曰：『子之意園已落成乎？』曰：『未也。』『園有圖乎？』曰：『無之。』『園既無圖，且未落成，於何記之耶！』意園曰：『迂哉夢園，子夢中可以有園，吾意中獨不可以有園乎？』曰：『請言子意意園。』曰：『吾意於千巖萬壑之間，擇地而築，因高就下，以山爲垣墉，則成之甚速，事半而功倍也。吾意依山作園，園內引飛泉注之，或匯爲池，或繚爲澗，轟雷濺雪，戛玉撞金，庶乎埃壒一空，迥絶塵念也。吾意有樓有閣，有亭有臺，有簃有榭，有堂有軒，有曲房奥室，有回廊深徑，而園始備也。吾意屋宇不必崇閎，塗塈不必華麗，唯在結構玲瓏，而又渾堅樸素，方稱山居，編茅代瓦，縛竹爲籬，院落空曠，多留看山之處，則能游目騁懷也。吾意四時之花，園中固缺一不可，而梅蘭桂菊，尤宜遍爲種藝。園丁任重，難於綱之，僕當慎選其人，乃有成效。然而主人亦不得自耽暇逸也。要之園在山中，天然幽秀，其勝於城市者奚止百倍，而復憑吾意以經營創造，隨吾意以部署安排。今日意有未盡，姑俟諸他日，今年意有未愜，且待諸來年。歲月優游，總期

滿吾之意，以成吾之園，則吾之意園與子之夢園，又何異乎！』

夢園曰：『子之意園與予之夢園，至竟不同也。夢園無夢則無園，意園無園則有意。夢少而意多，夢幻而意真，夢虛而意實，夢滯而意靈，予之夢園弗及子之意園也明甚。予之園屬諸夢，予不能時時有夢，故夢園仍無園；子之園蓄於意，子不難時時寄意，故意園常有園也。今而後，拋予夢園，入子意園，以徜以徉，各適其適，二人同心，子儻不予拒乎！』意園主人爲誰？曰：董子策三，高郵州人。

（録自《二知軒文存》卷二十）

作者簡介：方濬頤（一八一五—一八八九），字子箴，號夢園。定遠（今屬安徽）人。道光二十四年（一八四四）進士，嘗任兩淮鹽運使，官至四川按察使。著有《二知軒詩文抄》等。

意園記

董對廷

予自知非經濟才，林園之志，幾成痼癖。念自在假家居，忽忽更十數寒暑，乃急胠囊中金，買地於里之東南隅，廣輪可二十畝，葺其墻，環以爲園，名之曰『意園』，取畢吾遂初之意云爾。

其西北構主屋五楹，藏書數千卷，爲子弟誦讀所，曰『藤花書屋』；進而前，構屋三楹，竹床木榻，略求完備，爲游客會談所，曰『青琅玕館』；旁列二楹，以安置爐竈，一切鼎鐺之屬，而吾之屋事畢矣。不施雕飾，不求精致，故其用廉；不假曲榭，不設迴廊，故其成易。取深於竹，借陰於桐，資厚於榆柳，凡果木之易得易植者，視其地之所可容，無所擇焉。奇石數百頭，壘爲坡勢，取平曠而蜿蜒，若山之噴洩於雲霧，而但見其麓者。然其地之窪可瀦水者，因其勢疏以爲池，或曰是宜甃，一笑置之，種荷其中，植芙蓉於奥，白蘋、紅蓼略隨意爲點綴。

客有驚賞其野趣者，竊自喜曰：『得意園之有於吾也，自今始，園之有於吾意也，不自今始矣。夫以意之惝怳無憑亦豈有涯耶！必一一求所以副之，雖大力者不能，况拮据如予者耶！雖然，吾力所能致，求適吾之意而止；吾力所不能致，吾且以意造境。意之所在，皆園之所在，又豈兹園之足爲吾囿也耶！』

既落成，乃爲之歌曰：『書千卷兮竹萬竿，以官易園兮吾所安。卉葛爲服兮粗糲爲餐，願藏拙以終其身兮懼芳意之闌珊。』

光緒庚辰四月記。

（録自《再續高郵州志》卷六）

作者簡介：董對廷，字策三，高郵人。同治四年（一八六五）進士，著有《意園古文詩抄》、《倚湖樓吟稿》等。

衆樂園 衆樂園在高郵城東，又名東園。始建於北宋元祐元年（一〇八六）州守毛漸，落成於後守楊蟠，園内建有堂、臺、亭、閣十二處，皆有題咏，人稱『文章太守』。後樂園在衆樂園舊址，清光緒十一年（一八八五）知州謝國恩建。今兩園皆已不存。

衆樂園記

楊蟠

高郵當東南衝會，名之爲軍而邑居繁盛，加之魚稻之富，人足於衣食，其情閑暇則思有所適，以寓一日之樂焉。方歲時相與提携，乃無園榭之游，既有中廢而爲邑者十四年，民重思其所樂，而自謂終莫之得也。元祐之初，詔復舊額，且賜金以葺之，始命朝散郎毛侯漸爲之守。侯即牙墻之東獲廢地幾百畝，垣而門之曰『衆樂園』。

垣成而侯去，爲使者子實繼之。歲偶大稔，久歉之民猶涸鱗起漲，無不欣欣而有蘇意，遂罕抵罪，囹圄數空，日以無事，因得以成毛侯之志，而慰民之所思。於是披榛劚莽，窺函睨勝，抗高趨深，依限附向，連貫續基而建之，凡十有二，而中居其六焉。序舍翼分，挾以兩廡，堂匾曰『時宴』，於賓客僚屬而宴之以時也。堂北屹然而高者，曰『華胥臺』。華胥之人，乘空如履實，寢虚如據床，雲霧不駭其視，雷霆不亂其聽，美惡不汨其心，山谷不躓其步。意若吾民登此臺者，熙熙其猶是也。臺上之亭，曰『明珠』，以湖有明月之珠而其光可燭也。臺之北又爲堂，曰『豐瑞』。

余至此之明年，其歲益稔而國人有以嘉禾、雙蓮、駢瓜十二物爲獻，效歲稔之祥者，予不得而抑之。俾圖於堂間，以明朝廷之和氣，所以召豐年而靈德，所以致瑞物也。背堂而閣，飛瞰池沼，曰『摇輝』，其勢龜引鳥跳跂，每浮光漾影，凌亂於檐楹之下，泛濫於樽俎之内，而其輝摇摇也。又堂，曰『玉水』，與閣面同而水方流。舊傳城中有『玉女泉』，今失其處，或言在於此也。其左則亭庵相屬者四，曰『四香』，以植四時之佳花，而其香四達也；曰『序賢』，射以合賓也；曰『煙客』，而附之庵曰『塵外』，環以修竹，帶以流水。燕坐撫景，蕭然終日，真羽人禪子飛鳧駐錫之地也；曰『迷春』，葩絲木翳，五色雜出，窈窕蒙密，迂紆連延，人之游者，心恍悦而莫識所寄，目迷眩而不專所視，達乎今往而昔至也。

予嘗謂人當平居無事之時，其心汩然，寓之而喜則不能，强之而憂則無端，必遇陽然後舒，遇陰然後慘，陰陽之舒慘，亦何必於人哉？蓋生於陰陽之中者，皆受制而攝於自然也。舒慘之大繫民之休戚者，曰政事已。政舒則民從以舒，政慘則民從以慘。民舒則樂以嬉，民慘則憂以悲。然則舒之慘之者，繫於在上之人。樂之憂之者，均乎一國之民。一國之所樂，凡外之可以寓而嬉者，皆可樂也，在上者奚獨有憂哉？一國之所憂，凡外之可以寓而嬉者，適足以爲悲也，在上者奚獨爲樂哉？余固甚愚，非敢以言政，然經營黽勉，其貴畢出於賜金之餘，而民實無與焉。及其來游者，肩相摩，足相躡，知得其所以樂，而不知其所以爲之者，亦余志之區區云爾。

（録自嘉慶《揚州府志》卷三十三）

作者簡介：楊蟠，字公濟，章安（今浙江黄岩）人。宋慶曆間舉進士，歷官密、和二州推官，杭州通判，壽州、高郵知州。歐陽修、蘇軾稱贊其詩。

後樂園記

何詠

湘鄉先生治郵之二年，而後樂園成。後樂園者，後宋州守楊公公濟衆樂園而爲園也。公濟守郵距是七百餘歲，州宅數易，衆樂園址不可考。先生於堂後隙地剪榛蕪，藝竹樹，創亭榭爲園。中爲湘舫屋，空其兩牖似舫，翼以欄。每風雨夕，如三十六灣聽雨時也。其西有大椿，一幹雙柯，其陰蔽日，曰『鶯柯』。四面環以雜花，曰『花壁』。東爲鏡花軒，窗皆蔽以琉璃，望百花如在鏡中。爲天香塢，多異種牡丹，爲竹林先生猶子輩宴賞地。爲荆花館，令弟豊溪香谷居也。又東爲小琅環，藏書三萬卷，金石書畫凡千餘種。爲詠史精廬，先生公餘嘯詠其中。園之後爲藥欄，爲杏花春雨之室，其旁則授經書舍，令子輩讀書處也。

嘗謂公濟守郵在承平日，爲時既久，上下之情洽，其樂易。先生下車越二月，即有風鶴警，民情難周也，兵力不固也，城郭未堅也，盗賊可虞也，其樂難。方潤州之陷也，揚之人紛然他徙，距郵僅百里耳。先生於旬日中，通民情，團兵力，完城郭，弭盗賊，遂得相安無事。洎夷酋就款，越月而園成。當夫春雨既過，庭緑日滋，繁花翳檐，朗月送户，顧而樂之。時手一卮，郵民亦樂先生之樂，而相與爲樂。古人云：『安不忘危。』不意斯園之樂，乃得之戈馬餘也。

嗚乎！先生之園樂，先生之用心苦矣。公濟文采，輝映一代，先生亦不减。而能易憂患爲安樂，於七百載後爲此園，豈偶然哉！豈偶然哉！

（録自《續增高郵州志》第五册）

作者簡介：何詠（？—一八五三），字梅屋，江寧（今南京）人。諸生，客游揚州，與符葆森相唱和。著有《思古堂集》等。

縱棹園 縱棹園在寶應城東，清康熙間喬萊讀書處，後爲畫川書院。民國年間又改爲安宜學堂。

喬萊（一六四二—一六九四），字子静，號石林，康熙五年（一六六七）進士，授内閣中書，旋舉博學鴻詞一等，授翰林院編修，與修《明史》。康熙二十四年大考列一等第四名，充日講起居注官，後遷侍講，轉侍讀。因河事疏争，罷歸故里，於胡氏畫川别業廢址構縱棹園，讀書其中。乾隆南巡曾幸是園觀戲。嘉慶元年（一七九六），縣令孫源潮於縱棹園舊址建畫川書院，未落成即調走，道光間里人劉翬重修，縣令葉維庚撰有《重修畫川書院記》。

二〇〇五年，縱棹園修復一新，四面環水，典雅清秀，别具一格。

縱棹園記

潘耒

侍讀喬君石林歸白田，得隙地於城之東北隅，治以爲園。園内外皆水也。水之瀦者因以爲陂，流者因以爲渠，平者爲潭，曲者爲澗，激而奔者爲泉，渟而演迤者爲塘、爲沼。水中植蓮藕十餘畝，芙蓉、射干，羅生水際。反土爲山，山上下雜蒔松、栝、桐、柳、梅，多至二百餘本，桂百本，桃、李無數。

有堂臨水，曰『竹深荷净之堂』；有亭在水心，曰『洗耳』；有閣覆水，曰『蓊淞』；有橋

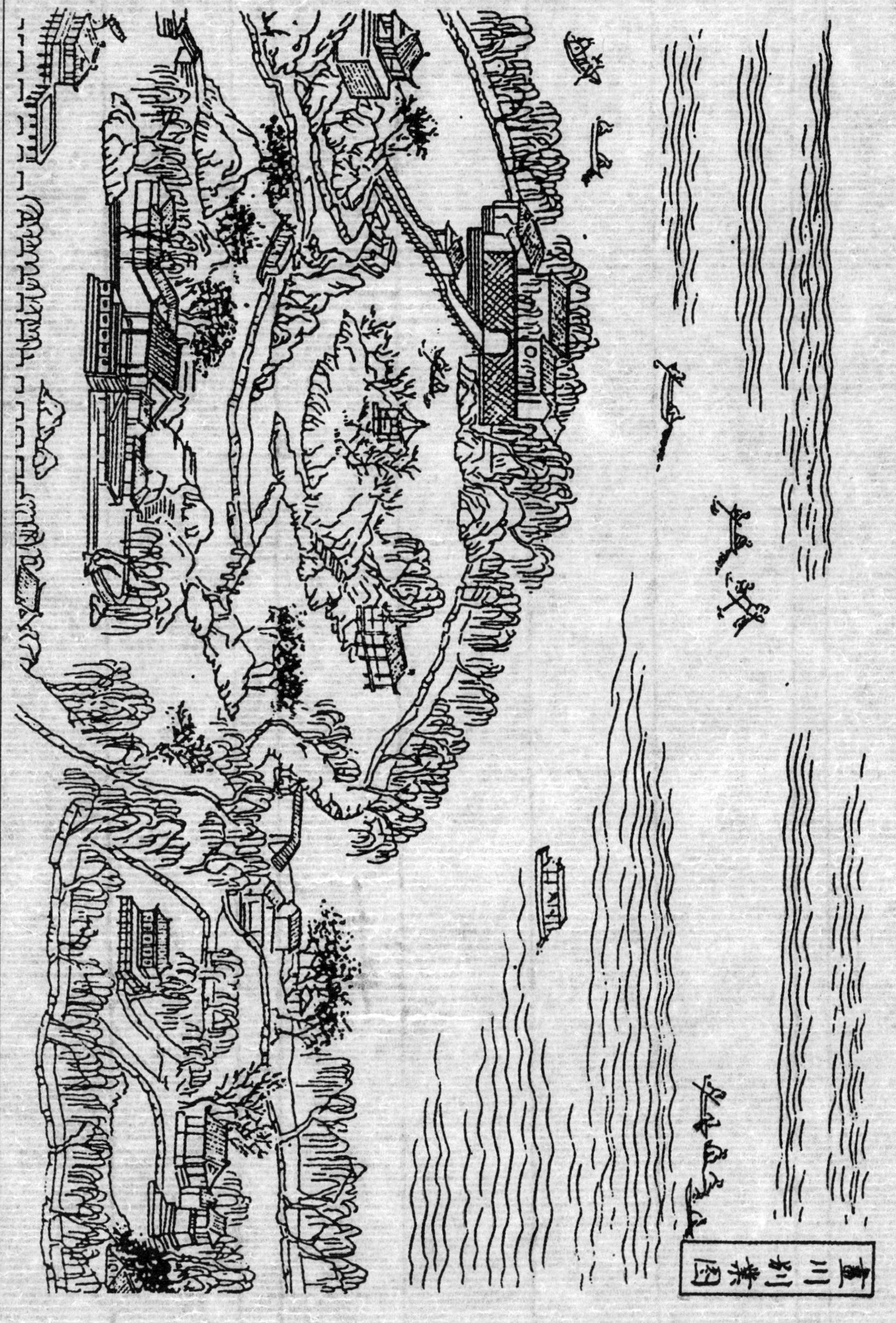

畫川别業圖

截水，曰『津逮』。不疊石，不種魚，不多架屋，凡雕組藻繪之習皆去之，全乎天真，返乎太樸，而臨眺之美具焉。

君家去園不半里，每午餐罷，輒刺船來園中，巡行花果，課童子剪剔灌溉，瀹茗焚香，捫松撫鶴，婆娑久之而後去。有佳客至，則下榻焉，琴弈觴詠，陶然竟日。蓋園居最難得者水，水不可以人力致，强而蓄焉，止則濁，漏則涸。兹地在城中，而有活水注之，湛然淵渟，大旱不枯，宜園之易以爲勝，而至者樂而忘歸也。往餘在京師，見王公貴人治園館，極其閎麗，怪石蟠松，珍禽異卉，皆可羅致，而獨患無不竭之水。黑龍潭蹄涔一水，遂爲名勝。豈知吾鄉之水，在在皆濠濮哉！然士大夫縻於好爵，家居之日少，往余不暇爲園。或間歸，乘興經營，未落成而遽出，蹉跎不返，有終其身不復見者。則地雖勝，而主人不能有也，亦足悲矣！

今喬君得從容休暇，偃仰於此，非君之幸歟？然使君未能與世淡忘，身在江湖，情馳魏闕，雖景物當前，恒有邑邑不自得者。今觀君怡然自足，蕭然無悶，若將終身焉。蓋君之身雖絀而言已行，澤被乎鄉邦，聲垂乎簡册，不愧不怍，有異乎他人之去國者，兹其所以爲樂也。余既信宿兹園，愛林水之幽勝，而嘉君之能樂其樂也，於是乎書。

（録自嘉慶《揚州府志》卷三十四）

作者簡介：潘耒（一六四六—一七〇八），字次耕，又字稼堂，江蘇吴江人。以布衣舉博學鴻詞，授翰林院檢討，與修《明史》，充會試同考官。著有《遂初堂集》等。

何園 原名『寄嘯山莊』，在今徐凝門街七十七號，園主姓何，人稱何園或何家花園。園主何芷舠（一八三五—一九〇九），安徽望江人，曾任湖北按察使、漢（口）黄（岡）德（安）兵備道」，兼任江漢關監督。清光緒九年（一八八三）歸隱揚州，并營造今名何園的寄嘯山莊。主要建築有牡丹廳、船廳、讀書樓、水心廳、蝴蝶廳、賞月樓、玉綉樓、楠木廳、牡丹池、假山以及全樓相通的複道回廊。園中還有相傳爲明末清初畫家石濤親手叠石的『人間孤本』片石山房，可謂園中之園。片石山房修復于一九八九年，入門壁間嵌有陳從周一九九〇年中秋撰書的《重修片石山房記》石刻：

世之叠石能手，胥工畫，石濤高名，藝垂千秋，人所共鑒。欲求其構山之作，難矣。然余不信世間未有存者。

曩歲客揚州，成《揚州園林》一書，非敢步武《畫舫録》，留真況耳，其時終于發現片石山房，考之乃出石濤之手，孤本也。小頳風範，丘壑猶存。

近吴君肇劍就商于余，細心復筆，畫本再全，功臣也。石濤有知，亦當含笑九泉，而揚人得永寶此圖，洵清福無量矣。

何園現爲國家重點文保單位，有『晚清第一園』之稱。二〇〇一年二月，被國家建設部公布爲第一批國家二十家重點公園之一。

何園游記

易君左

余等避難來揚之次日，游平山堂；又次日，聞城中有名園曰何園者，偕霽光、西雲、立人往訪焉。晴雪初霽，春梅正香，唯街陌泥滑難行。一路探詢，遥望甲第連雲，氣象雄偉，爲花園巷；護弁數人，栱一門而立，江蘇綏靖署在其中，即何園也。余出名刺，由一副官導余等游，繞園一周，穿石百洞。讀前人游記謂：『此園荒廢已甚，衰柳殘荷，棟宇凋敝，無處不起淒其之感！』自余觀之，興亡成敗，理自有常。此日之衰柳殘荷，即當年之雕梁畫棟。蓋創業難，守業尤難！苟吾人而有爲者，則破碎江山，猶可一致興復，况區區一園乎！斯園雖不足奇，然于承平時，充美女百人，歌吹沸天，仿平山竹西佚事，亦自成其趣。又有古藤如巨蟒，盤大樹而下，作嚇人狀，亦一景也。余家丘壑園林，毁于兵，覆于水，而余又不肖，不能繼先人之業，坐令天下荒廢；今游何園，豈能無所思？昔唐人亂後還京時云：『唯有終南山色在，晴明依舊滿長安！』余登高樓而望金陵，背斜陽而入京口，真不知感慨之何從矣！

録自《江蘇教育·大江南北記游踪》

作者簡介：易君左（一八九九—一九七二），名家鉞，字敬齋，湖南漢壽人。北京大學畢業後，與郁達夫同赴日本留學，回國後，歷任教授、編輯。著有《中國文學史》、《杜甫傳》、《中華民族英雄故事集》、《閑話揚州》等四十餘種。